초판 1쇄 인쇄 · 2017년 12월 30일
초판 1쇄 발행 · 2018년 1월 10일

지은이 · 박 덕 규
펴낸이 · 한 봉 숙
펴낸곳 · 푸른사상사

주간 · 맹문재 | 편집 · 지순이, 김병조 | 교정 · 김수란
등록 · 1999년 7월 8일 제2-2876호
주소 · 경기도 파주시 회동길 337-16 푸른사상사
대표전화 · 031) 955-9111(2) | 팩시밀리 · 031) 955-9114
이메일 · prun21c@hanmail.net / prunsasang@naver.com
홈페이지 · http://www.prun21c.com

ISBN 979-11-308-1248-9   03810
값 13,900원

이 도서의 국립중앙도서관 출판예정도서목록(CIP)은 서지정보유통지원시스템 홈페이지
(http://seoji.nl.go.kr)와 국가자료공동목록시스템(http://www.nl.go.kr/kolisnet)에서 이용하실
수 있습니다.(CIP제어번호: CIP2017034239)

16 푸른사상 소설선

토끼전 2020

박덕규 장편소설

푸른사상
PRUNSASANG

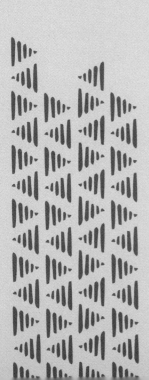

이 소설은 동물들이 주인물로 등장하고 이들 여러 동물들이 함께 어우러져 살아가는 육지와 바다 등 우주 전체를 공간 배경으로 설정했다. 이에 따라 창작 구성에 맞게 새로운 개념을 설정하고 이에 맞는 용어를 만들어 사용하고 있다.

● 이 소설의 주무대는 육지와 바다다. 육지 지역은 육지 생물 또는 육지 동물이 사는 세계라는 의미로 '**육생계**', 바다 지역은 바닷물에 사는 생물들의 세계라는 뜻으로 '**물생계**'라 했다.

● **육생계**는 크게 1) 산과 들에서 사는 동물의 세계, 2) 인간이 중심이 되어 지배하는 세계, 3) 새처럼 공중을 날아다니는 날짐승들의 세계로 구획돼 있다. 이 세계들은 각각 여러 나라로 구성되는데 그 내용은 다음과 같다.

1) **길생국** : 산과 들에서 사는 동물들이 구축한 나라

산과 들에서 사는 짐승을 흔히 길짐승이라 하는데 이 소설에서는 이를 '**길생**'이라 했다. 이 길생들이 사는 나라를 '길생국'이라 했고, 육생계에 이런 길생국이 수십 개 있는 것으로 설정했다. 이 소설의 주인공은 육생계에 있는 여러 길생국을 돌아다니며 통치술을 설파하는 토끼(토선생)이다. 여러 길생국 중에서도 토선생의 원 고향 길생국이 이 소설의 중

요한 무대가 된다.

길생국에는 주로 네 부류의 길짐승들이 산다.

산생 : 호랑이 · 곰 · 여우 · 승냥이 등

풀생 : 토끼 · 얼룩말 · 노루 · 사슴 · 기린 등

땅생 : 너구리 · 오소리 · 두더지 등

알생 : 뱀 · 개구리 · 남생이 등

2) 얼생국 : 인간이 중심이 되어 구성된 나라

이 소설에는 오늘날 우리와 같은 인간 부류도 등장한다. 우월한 지능으로 다른 동물들을 지배하며 사는 '인간'에게 털 없는 짐승이라는 의미로 '민숭이'라는 이름을 붙였다. 그리고 이들 인간 중심의 나라를 인간의 '얼'이 살아 움직이는 곳이라 하여 '얼생국'이라 했다. 지금 지구상에 여러 국가가 있는 것처럼 육생계에 이런 '얼생국'이 수십 개 있는 것으로 설정했다. 얼생국에는 민숭이(인간) 외에 개 · 고양이 · 쥐 같은 동물이 함께 살고 있다.

3) 날생국 : 새처럼 날아다니는 날짐승들의 나라

이 소설에는 참새 · 기러기 · 독수리 같은 날짐승들, 이름하여 '날생'들이 사는 세계도 설정돼 있다. 역시 이 지구상에 여러 '날생국'이 있는데이 소설 안에서는 개념상으로 존재하고 배경지로 선택되지는 않는다. 이들 날짐승 외에 잠자리 · 나비 · 무당벌레 같은 곤충류도 포함된 다양한 '날생국'을 상상해볼 수 있을 것이다.

● 바다는 바닷물에 사는 생물들의 세계라는 뜻으로 **'물생계'**라 하고, 거기에 사는 생물은 당연히 **'물생'**이 된다.

물생계를 다스리는 자가 바로 용왕인데 물생계가 너무 넓고 깊어서 한 용왕이 다스리는 것이 아니라 여러 용왕이 나누어 다스리는 것으로 설정했다. 하지만 그 용왕들은 서로의 영역도 모르고 또한 서로 만난 적도 없다. 물생계는 크게 육생계와 지역적으로 가까이 위치한 '**가생국**'과, 깊은 바다를 일컫는 '**심생국**'으로 형성돼 있다.

● 물생계 심생국 한가운데 용왕이 사는 용궁이 자리한다. 용궁을 에워싼 바다 지역은 용궁해라 했다. 용궁해에서 보면 용궁은 용수각을 중심으로 전각 모양의 여러 건축물이 사방으로 뻗어나가는 형세다.

용궁 안은 용왕이 정사를 펼치는 내전과 그 바깥 구역에 신하들 중 당상관이 들어갈 수 있는 용왕전이 있으며 그 바깥으로 당하관들도 함께 모일 수 있는 용궁전 등이 있다. 이와 별도로 용왕과 그 가족들의 사적 공간인 내원, 용왕의 침실이 있는 침전, 그리고 왕비가 머무는 비원 등도 있다.

그 밖에 용왕의 건강을 책임지는 어의청과 약제청, 식사를 담당하는 식료청, 의복을 담당하는 세탁청 등도 있고 외부 손님이나 수직 관원들이 머무는 별관, 객사 등도 있다.

용궁 안은 물과 공기가 함께 있어 물생뿐 아니라 토끼 같은 육생도 와서 숨 쉬고 살 수 있다.

● 용궁 내 신하들의 관직은 높은 순서로 삼정승에 해당하는 삼대작(이대작 · 저대작 · 고대작), 육조에 해당하는 칠상관, 그 아래로 팔중관, 구청관, 열두 말관 등으로 이어진다. 이 중에서 칠상관까지가 당상관이고 팔중관은 필요에 따라 당상관이 될 수도 있고 당하관이 될 수도 있으며 그 아래는 모두 당하관이다.

용왕의 치명적인 병에 특효약이 될 토끼의 간을 구하러 갈 관원은 열두 말관 중 자라 말관의 아들이다. 용왕은 이 자라에게 주부라는 말단 관직을 주어 명령을 수행케 하는데 자라는 한자로 별(鼈)이라고 쓰고 있어서 이 소설에서도『토끼전』원작에서처럼 '별주부'라는 이름을 부여했다.

원작에서는 별주부가 혼자 왕명을 수행하는 것으로 되어 있으나 이 소설에서는 많은 수의 자라 종족과 함께 토끼를 찾으러 나선 것으로 설정했다. 또한 거북 종족·방게 종족 등이 이 일행으로 가담한 것으로 했다.

● 자라는 원래 민물에서 사는 동물인데 알려진 대부분의『토끼전』에서 토끼와 더불어 주인공의 하나로서 바다에 살고 있는 것으로 되어 있어서 이 소설에서도 일단 그대로 수용했다.

그 외에 잉어·연어 ·방게 등 실제 사는 곳과 다르게 바다에 사는 동물로 설정하는 등 일반 생태와는 다르게 원용된 예가 적지 않다.

먼 미래의 일은
알 수 없으나

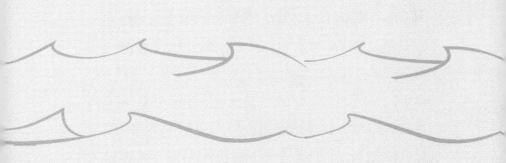

한국인으로서『토끼전』을 모르는 사람은 없을 것이다. 용왕이 죽을병에 걸리고 치료약으로 토끼 간밖에 없다는 사실에 자라가 나서서 토끼를 꾀어 용궁으로 데려왔다가 토끼가 꾀를 부려 도망쳤다는 얘기……. 이 이야기는 뜻밖에도 멀리『삼국사기』의 '구토설화(龜兎說話)'에 근원을 두고 있는데, 민간에 널리 퍼진 것은 조선 시대 들어서가 아닐까 싶다. 대개 판소리로 불릴 때는 〈수궁가〉라 했고, 책으로 읽힐 때는『토끼전』또는 자라의 별칭을 앞세워『별주부전』이라 한 것 정도는 알고 있으리라 본다. 한데 이런 얘기를 21세기 하고도 20년이 흐르는 지금 새삼스럽게 새로운 이야기로 가공해서 창작하게 된 까닭은 무엇인가. 여기에는 그럴 만한 사정이 있다. 이 소설을 그냥『토끼전』이 아니라 굳이 연도까지 붙여『토끼전 2020』이라 하는 까닭도 설명할 참이다.

저간의 사정을 다 얘기하자면 8~9년 전 내가 처음 미국에 가게 된 연유부터 설명해야 한다. 그렇게 되면 말이 너무 길어지니까 일단 그때 미국에서 만난 고영준 목사 얘기, 더 줄여서 고 목사가 내게 보여준 책 얘기부터 바로 하는 게 좋겠다 싶다. 고 목사는 로스앤젤레스의 어느 한인 문학단체의 행사에서 내가 한 강연을 들은 사람이었다. 간단히 자기소개를 하고 명함을 주고 간 고 목사를 만난 건 이틀 뒤였다. 호텔 커피숍에서였는데 그날이 주일이라는 게 확연히 기억난다. 내가 그날 밤에 출국한다는 걸 알고 교회 일을 오전에 다 보고 급히 나왔다고 했으니까.

고 목사는 내게 두 권의 고서적을 보여줬다. 그중 한 권은 『동의보감(東醫寶鑑)』 필사본 같아 보였다. 집필자는 허준(許浚)으로 돼 있었고, 실제 『동의보감』이 발간된 연대보다 몇 해 앞서 기록한 것으로 기재돼 있었다. 그런데 고 목사는 그게 단순히 원본을 베낀 필사본이 아니라 허준이 『동의보감』 원고를 제출하기 전에 먼저 써둔 '친필 동의보감'일 거라고 추론했다. 그걸 감정받아서 언론에 대대적으로 공개하면 좋겠으니 도와달라는 거였다.

"그저께 강연 때 박 교수님이 신문기자 만나서 원고 발표한 얘기 듣고 바로 이분이다 생각했습니다. 이런 분이 나를 소개해주면 된다 무릎을 쳤습니다."

내 강연 내용에 J일보의 기자를 만나서 내 기획 원고가 신문에 크게 실린 사연이 담겨 있었는데 고 목사는 자신이 가져온 『동의보감』이 친필 원본으로 인정받아 J일보에 보도될 것까지 생각해왔다. 내가 뭐라고 대꾸했는지는 잘 기억나지 않지만 고 목사가 한 말은 대개 또렷이 기억이 났다.

"제가 만주에 가서 교회 개척을 할 때 우리 동포들한테 거기서 구하기 힘든 약을 무료로 많이 나눠드렸거든요. 그런데 어떤 할머니가 제가 준 약을 먹고 평생 앓아온 위장병을 고쳤다면서 고맙다고 책을 두 권 가져다주신 거예요. 집안 대대로 가보처럼 내려오던 거라면서요. 이게 바로 이 책들입니다."

만주 지역에 사는 어느 조선족 할머니에게 집안 가보로 내려온 책 두 권 중 하나가『동의보감』이었다.

"사실 그 전날 밤 제가 계시를 받았거든요. 만주 가서 처음으로 몸살이 나서 며칠 고열에 시달리고 있었는데 꿈에 예수님을 본 것입니다. 말구유에서 나온 아기처럼 해맑은 얼굴로 양손에 황금 덩어리 하나씩을 들고 계셨어요. 그걸 꿈에 제가 받아들고 엉엉 울다 깼습니다. 황금이 뭡니까. 아기 예수가 나실 때 동방박사들이 이를 경배드리기 위해 저 먼 동방에서 선물을 세 개 가져다 바쳤으니 그게 유향, 몰약, 황금이었어요. 그 황금을 제게 주신 뜻은 무엇입니까. 바로 제게, 예수님께서 제게 그 황금으로써 세상을 구원하라고 하신 뜻 아니겠습니까? 그리고 바로 이튿날 할머니가 이 책 두 권을 주신 것입니다!"

나는 흔히 꾸곤 한다는 예지몽조차 믿지 않는 사람이라 그 얘기가 황당하게만 느껴졌지만 눈앞에 『동의보감』이라는, 비록 필사본이라 해도 정말 꽤나 오래 묵었을 성싶은 옛 물건을 놓고 문학인이자 교수로서 마냥 무시하기는 어려웠다. 실은, 지금 와서도 생각하면 낯이 뜨거워지지만 고 목사의 말 중에 더욱 선명하게 내 뇌리에 와서 박힌 말이 있다.

"J일보 같은 데서 이 책이 허준이 직접 쓴 『동의보감』 친필본이라는 사실을 대서특필해주기만 하면, 이건 곧바로 국보급이 되는 겁니다. 그 값이 아마 어마어마하겠지요? 그렇게 되기만 하면, 제가 박 교수님께 감정가의 10퍼센트 드리겠습니다. 제가 목사입니다. 거짓말 안 합니다."

나는 뭐든 자신만만하게 대답하는 성격은 아니지만 그래도 한국에 나오시는 대로 연락하면 꼭 알아봐드리겠다고 진심으로 말했을 것이다.

내가 귀국하고 한 달 뒤 고 목사는 문제의 『동의보감』을 들고 내 앞에 나타났다. 사실을 말하면 『동의보감』은 그때까지 국보가 아닌 보물로 지정돼 있었다. 흔히 문화재로서의 가치가 커서 국가에서 인정할 수준이면 보물로 지정되고, 그중에서도 특히 유례가 드문 수준인 것이 국보로 지정된다고 알고 있다. 그런데 서울의 '남대문'이 국보인 데 반해 '동대문'이 보물에 그친 것을 보면 그 차이가 모호한 면도 있다. 역사학과 교수가 된 옛 친구에게 전화를 했더니 보물 중에 국보급인 문화재가 꽤 있다고 하면서 마치 나를 위한 듯, 꼭 집어『동의보감』하나를 예로 들어주었다. 친구의 그 설명이 내게 묘한 쾌감을 불러일으켰다. 10퍼센트, 10퍼센트……. 공연히 그 말이 되뇌어졌다. 실제로『동의보감』의 가치는 보통이 아니어서 그때 고 목사와의 일이 있고 나서 얼마 뒤 유네스코에서 세계기록유산으로 등재했고, 이 소설의 창작이 진행되던 때인 2015년 6월 국보로 승격·지정되었다.

고 목사가 귀국했다는 연락을 받고 나는 곧바로 잘 알고 지내는 J일보의 문학 담당 기자와 상의를 하고 학술 담당 T기자를 소개받았다. T기자는 망설이지 않고 권위 있는 텔레비전 프로그램의 하나인 〈TV쇼 진품명품〉에 감정위원으로 출연 중인 H선생에게 전화를 걸었다. H선생은 인사동에서 고미술품 전문 화랑을 경영하고 있었고 그 한켠 사무실에서 우리를 맞았다. H선생은 영화에서나 봄직한 커다란 돋보기를 드는 시늉을 하고는 금세 내려놓았다. 내 인생에서 국보급 유물 감정가의 10퍼센트 금액을 차지하는 일은 꿈에서조차 일어나는 일이 없었다. 그게 백 년도 안 된 흔한 필사본일 뿐이라는 설명에도 굴하지 않고 고개를 갸웃하던 고 목사의 얼굴이 떠오른다. 그것이『동의보감』발간 전의 진본을 필사한 것이라면 그래도 의미 있지 않겠느냐는 내 의문을 이미 알아차린 듯 피식 웃어 보이던 H선생의 표정도 역시 금세 떠올랐다.

그 뒤로 T기자도 H선생도 만난 적이 없다. 고 목사하고도 미국이나 연길에 갈 때 한 번 연락해서 행로가 겹치면 만나자고 하고는 그 뒤로 소식이 끊어졌다. 실제로 이듬해 백두산 탐방 때 연길에 가고 또 한 차례 더 로스앤젤레스에 다녀왔는데도 나는 연락을 하지 않았다. 고 목사를 다시 만날 이유도 없기도 했거니와 '10퍼센트'에 잠시 현혹되었던 나 자신이 미워져서 그랬다고도 할 수 있다.

사연은 여기서 끝나지 않는다. 4년 전, 그러니까 그 일이 있고 나서 4년 뒤 고 목사에게 갑자기 전화가 걸려온 것이다. 공교롭게도 내가 암 수술을 받고 마취에서 깨어난 지 두어 시간도 지나지 않아서였다. 로스앤젤레스 목사 어쩌고저쩌고 하는데도 누군지 알아차리는 데 시간이 필요했다. 게다가 나는 직접 통화할 수 있는 상황이 아니었다. 수술 직후라 정신이 혼미하기도 했지만 무엇보다 마취하느라 목에 연결한 산소 흡입관이 남긴 후유증으로 목소리를 제대로 낼 수 없었다. 아내한테 대신 전화를 받게 하니 꼭 나하고 통화를 해야 한다는 거였다. 다시 두어 시간 뒤 간신히 끄, 끄 하는 긁는 소리를 내며 고 목사 얘기를 들었다. 고 목사는 그때 서로 미뤄두고 있었던 또 한 권의 황금, 그 책을 찾으러 오겠다고 했다.

고 목사가 처음에 로스앤젤레스에서 내게 보여준 책이 두 권이었다. 그중 한 권은 『동의보감』 필사본이었고 또 한 권은 우리 '언문'으로 써진 『토끼전』이었다. '언문'이 주는 이미지일 수도 있었지만 그것은 종이 질이나 글씨체 그리고 훼손된 부분 등에서 확연히 격이 떨어져 보였다. 그날 고 목사는 그걸 내게 넘기면서 시간 날 때 한번 알아봐달라고 했고 나도 그러마 하고 받아 넣었을 뿐 그 뒤로는 서로 『동의보감』만 챙기느라 까맣게 잊어버린 셈이었다. 한데 그건 내 생각일 뿐 고 목사에게는 그렇게 잊혀질 물건이 아니었던지 찾아 가겠다는 거였다. 나는 며칠의 시간 말미를 얻었고 방학이 끝나기도 전에 교수 연구실에 가서 그사이 연구실을 한 차례 옮기느라 박스에 넣어둔 채 개방하지 않은 것에서 그『토끼전』을 찾아냈다.

왜 갑자기 필요해졌는지 묻고 싶지 않았다. 조금은 그럴싸해 보였던 『동의보감』이 그런 결과였으니 조악해 보이는 『토끼전』이야 말해 무엇하리 싶었던 것이리라. 아니, '10퍼센트'에 꺾인 내 알량한 자존심의 기억을 되살리기 싫었던 것이리라. 어떻든 고 목사와의 인연은, 사실 몇 년은 더 이어지는 게 좋았을 법한데 『토끼전』을 되돌려주는 걸로 끝이었다. 필사본이라는 H선생의 감정 평가를 듣고도 못내 못 미더워하며 일본에 가서 알아봐야겠다는 둥 하던 고 목사였으니 그 뒷소식을 물음직했지만 나는 왠지 다른 말이 떠오르지 않았다. 『토끼전』만 돌려주고 수술 후유증을 핑계 대고 가만히 앉아 있다가 서로 웃으며 악수하고 헤어졌다.

그로부터 또 몇 년 뒤, 바로 지지난해 여름, 이게 인연인지 아니면 고 목사가 말하는 계시인지, 내가 그렇게 돌려보낸 『토끼전』이 간절해지는 상황이 벌어졌다. 교육부의 지방대학 육성 지원 사업에 우리 학과가 제안한 '고전 재활용 프로젝트' 중 일부가 선정되었는데 그중 하나로 기입한 '토끼전을 활용한 한류 브랜드화 기초 작업'이 중점 사업이 되고 말았다. 즉『토끼전』을 현대소설로 창작하는 일이 내 업무로 떨어진 것이다. 소설가로서 다른 소설도 제대로 못 쓰고 있던 차에 워밍업을 겸해서 자금 지원까지 받으며 쉽게 소설 한 권 쓰면 되는 그런 과업이었다. 원작을 가지고 개작하는 경장편소설 한 편을 완성하는 기간은 일 년이면 넉넉하다고는 못 하지만 그리 짧은 것도 아니었다. 즉 나는 썩 괜찮은 조건으로 '현대소설 토끼전'을 쓰면서 일 년을 살면 되었다.

설명을 하다 보니 내가 이 소설을 완료하는 데까지 예상 밖으로 많은 기간이 투여된 것을 변명하는 꼴이 됐다. 이야기가 이쯤까지 넘어왔으니 하는 수 없다. 이 자리에서 다시 고 목사 얘기를 해야 한다. 아니, 이제는 고 목사가 문제가 아니라『토끼전』이 문제다. 나는 정말, 우리 학과의 '토끼전 현대화' 작업이 나한테 맡겨질 때부터『토끼전』의 아주 뚜렷한 스토리를 현대화하면 될 거라고 가볍게 생각했다. 게다가 원전이라고 말하는 여러 판본을 뒤져보니 옛 우화소설 정도로 알고 있던『토끼전』이 너무 재미있기까지 했다. 그런 때문에 나는 머릿속으로 가끔씩『토끼전』이야기를 재미있게 굴려보기만 했을 뿐 급하게 처리할 다른 일들을 연이어 처리하면서도 정작 한 줄도 제대로 안 쓰고 열 달을 지냈다.

그게 실책이었다. 내 깜냥으로 이건 미룰 일이 아니었다. 내 본

바닥은 약속된 날이 다가올수록 파리하게 드러나고 있었다. 흔한 고전소설 스토리라고 우습게 볼 일이 전혀 아니었다. 그것에는 역사와 문화에 대한 상당한 이해가 필요했다. 내 지식으로는 어림없는 거였다. 게다가 뒤늦게 막상 쓰려고 스스로 안달하다 보니 내가 원작에 비해 더 재미있게 쓸 수도 없겠다는 자괴감마저 일었다. 자칫 잘못하면 학과 차원에서 큰 문제가 될 일이었다. 『동의보감』에 대해 조사하다 발견한 기록인데 허준은 왕명으로 정한 기간 내에 집필을 완료하지 못해 귀양까지 갔단다. 나도 귀양 가는 셈 치고, 받은 지원금을 토해내고 경고장을 한 장 받으면 그뿐일 테지만 후발 학과로서 그동안 노력해 쌓아온 학과의 평판에 큰 흠이 가고 말 거였다. 내 아무리 자기중심적으로 교수 생활을 하는 문학인이지만 그건 정말 원치 않았다.

그런데, 궁즉통인지, 정말 고 목사가 말하던 계시가 제대로 찾아온 건지, 아니면 원래 그러기로 된 것인지 알 수 없지만 내가 그때 떠올린 것이 고 목사가 내게 일시 넘겨주었던 그 허름한 『토끼전』이었다. 나는 그걸 처음 미국에서 받아올 때 비행기 안에서 대충 훑어보았다. 책이 낡고 겉이 많이 훼손돼 있어 좁은 이코노미석에 앉아서 볼 건 아니었을 텐데 어쩌면 그래서 더 부담 없이 넘겨보고 아무렇게나 두고 그랬던 듯했다. 그리고 4년 전 고 목사에게 다시 넘겨주기 직전 조용한 학교 연구실에서 그걸 다시 들여다봤다. 겉에 비해 옛 한글로 글씨가 써진 부분은 의외로 크게 떨어져 나간 게 없었다는 사실에 또 한 번 놀란 기억이 난다. 다행스럽게도 나는 그 무렵 구입한 스마트폰으로 여러 군데 사진을 찍어두었다.

그 사진 덕분인지 몇몇 장면은 선명하게 기억되기도 했다. 가령 자라가 육지에 와서 거북처럼 기어서 느릿느릿 다니거나 그러지 않고 산을 오르고 들을 달리는 걸로 나오는데 발밑에 어떤 장치를 달아 마치 스케이트보드 같은 걸 타고 달리는 것처럼 묘사돼 있었다. 또 자라가 토끼를 꾀어 용궁으로 데려갈 때 요즘의 잠수함 같은 걸 타는 묘사도 있었고, 용궁으로 들어가는 입구에서 물살이 빨라져 그 잠수함이 여러 번 곤두박질치는 장면도 나왔다. 또 토끼가 육지에 간을 빼놓고 왔다고 거짓말을 하자 그게 진짜인지 알아보기 위해 토끼 항문으로 뱃속에 들어간 미꾸라지들의 머리에 알밤을 달고 길을 밝혔다고 한 부분에서는 내가 수술한 배를 움켜쥐고 잠시 웃었던 기억도 났다.

스마트폰 사진으로 확인되는 책 표지의 겉장은 '토끼뎐'이라 써진 글씨 부분까지 크게 찢겨나갔고, 그 바로 아래 작은 한글 글씨로 '4갑자 후 토별선생국뎐'라 써 있었다. 그리고 한글소설이 끝난 마지막 문장에 '以上 四甲子後 兎鼈先生國傳 後三庚子 五月에 書하다'라는 글자가 다시 보였다. 나는 이 표기를 어디선가 본 듯한 느낌을 가졌다. 토별(兎鼈)은 토끼와 자라를 아우른 표현으로 실제로 『토끼전』을 '토별전'으로 쓴 판본도 있었다. 그리고 '후삼경자(後三庚子)'라는 말도 기억에 있어 여러 번 중얼거려봤다.

마음이 급해오는데 그게 내 새삼스런 창작욕인지 아니면 실제로 쫓기는 심정 그대로인지 알 수 없었다. 고 목사를 찾아 그『토끼전』을 다시 빌리고 싶었다. 그러나 전화번호도 명함도 찾을 길 없었다. 인터넷에서 고영준 목사를 검색하니 나오는 인물이 전혀 딴 목사였다.『토끼전』관련해 몇 년 사이에 기사화된 것도 어느 도시에서『토끼전』을 활용해 '토끼의 간으로 만든 빵', 일명 '토끼 간빵'을 생산하고 있다는 것 말고는 특별한 것이 없었다. 내가 알게 된 미국 한인들에게 카톡을 보내봤으나 지금껏 별다른 연락이 없다. 어쩔 수 없었다. 결국 내 힘으로, 고 목사의『토끼전』을 상상하면서, 내 식대로 새로운『토끼전』을 써나가는 수밖에 없었다.

한 달, 이제 약속한 기한이 한 달밖에 안 남은 때, 용왕의 명을 받은 자라가 아직 육지에 닿지도 않은 채 스토리가 지지부진한 채 갈팡질팡하고 있는 내 눈앞에 운명처럼 보인 글귀가 있었다. 내 나쁜 습관 중 하나가 노트북으로 글을 쓰면서 공연히 유튜브로 인문학 동영상 중 아무거나 열어두는 일인데 거기에서 어느 강사의 강연 내용에 '후삼경자'라는 말이 나온 것이다.

'후삼경자'는 연암 박지원의『열하일기』의 첫 대목에 나오는 말로 명나라가 망한 지 3경자, 60년을 세 번 해서 180년이 흐른 해라는 의미다. 연암이 중국에 가던 해가 그렇다는 건데 왜 이런 표현을 쓴 것인가는 나중에 기회 닿을 때 설명하기로 하자. 명나라가 망하고 180년이라면 조선 왕조에서는 정조 4년이요 서기 연도로는 1780년이 된다. 그렇게 되면 '後三庚子 五月에 書'했다는 고목사의 『토끼전』이 바로 그해 1780년 5월에 집필된 거라는 얘기가 된다! 그리고, 그리고, 앞표지에 적힌 '4갑자 후 토별선생국뎐'과, 소설 맨 끝 '後三庚子 五月에 書하다' 바로 앞에 적힌 '以上 四甲子後 兎鼈先生國傳'이라는 표기! 이걸 따져보면 그 『토끼전』은 1780년에 쓴 글로 그로부터 4갑자 후 즉 240년을 더한 서기 2020년이라는 미래의 이야기가 된다!

우리에게 『춘향전』, 『심청전』, 『흥부전』 등으로 알려진 옛 소설은 모두 판소리와 함께 전승된 것으로 대개 조선 후기에 발원된 이야기로 알려져 있다. 물론 모두 작자 미상이다. 남아 전하는 판본도 그 이후에 누군가 옮겨 적은 이야기이다. 『토끼전』도 마찬가지다. 작자도 연대도 알 수 없는 것들이 남아 전하고 있는 거다. 그런데 내가 본 『토끼전』은 적어도 작성 연대는 확실한 것이고 연대도 아마도 아주 앞선 것이다. 이건 분명히 문헌 가치가 상당할 것이다! 『동의보감』급은 아닐지라도, 이 역시 국가 지정 보물은 될 것이다!

그러나 나는 지금 그런 돈 가치를 생각할 여지가 없다. '10퍼센트 사건' 이후 '내 인생에 그냥 떨어지는 돈은 없다'는 깨달음을 얻은 바 있지만 그보다 나는 오직 새로운 『토끼전』만이 필요했다. 그랬다. 나는 내가 훑은 그 『토끼전』을 떠올리려 애썼고 거기에 내 상상을 얻었다. 과연 1780년대 사람은 그로부터 4갑자 후 즉 240년 후의 미래, 2020년을 어떻게 상상했을까? 내 상상 속에서 자라는 날고 토끼는 헤엄쳤다. 그리고 마침내 마감일 저녁에 집필을 마쳤다. 바로 1780년 사람이 상상한 2020년 『토끼전』을! 이름하여 『토끼전 2020』을!

『토끼전 2020』이 책으로 나와 세상에 알려지고 나서 고영준 목사가 나를 찾아오는 때를 생각해보곤 한다. 자신이 가지고 있는 『토끼전』의 감정을 새로 부탁할지 아니면 내 소설이 그 『토끼전』을 원작으로 하고 있으니 따로 어떤 요구를 할지 모르겠지만 나는 그냥 이렇게 제안해볼까 한다.

"그 『토끼전』은 내가 이미 이렇게 현대소설로 만들었으니 그만큼 가치가 떨어졌습니다. 그러나 제 소설이 탄생하는 데 기여한 공은 인정해드리겠습니다. 그걸 저한테 넘기십시오. 대신 이 소설 수입의 10퍼센트를 고 목사님께 드리겠습니다. 저 작가고 교수입니다. 거짓말은 안 합니다."

첫째 마당

가면 뒤에 숨은 얼굴

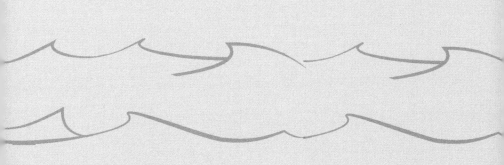

축제다.

　지난봄부터 길고 긴 가뭄이 이어져 걱정이 이만저만 아니었다. 강물이 말라붙어 풀과 나무가 시들고 들판은 사막으로 변해갔다. 여름이 끝날 무렵에야 비가 쏟아졌다. 하마터면 가을걷이는 흉내도 못 낼 뻔했다. 목마름을 견디지 못하고 쓰러져가던 길짐승들은 겨우 입술에 물을 적시며 일어났다.

　일 년에 딱 한 차례 열흘 간 열리던 축제가 올해는 닷새로 줄어들었다. 그래도 그게 어디랴. 이 나라 온갖 길짐승들이 한데 어울려 즐길 수 있는 유일한 자리다. 이때만은 평소 먹고 먹히는 동물 세계의 냉혹한 약육강식의 법칙이 무시된다. 모두 제멋대로 옷을 입고 제맘대로 가면을 쓸 수 있다. 서로를 알아보지 못하니 누굴 잡아먹거나 잡아먹히거나 하지도 않는다. 올해 먹고 마실 게 줄었다 해도 그래도 축제는 축제다. 춤과 노래가 흘러나오고 장난치고 희롱할 일이 넘쳐났다.

길짐승들이 사는 길생국이 대부분 그렇듯이 이 나라 길생국의 길생들도 크게 네 부류로 이루어진다. 호랑이·곰·여우·승냥이처럼 산에 사는 산생이 한 부류요, 토끼·얼룩말·노루·사슴·기린처럼 풀 먹고 사는 풀생이 또 한 부류요, 너구리·오소리·두더지처럼 땅 파고 사는 땅생이 셋째 부류요, 뱀·개구리·남생이처럼 알에서 나온 알생이 마지막 부류다. 이들이 다른 모양 다른 얼굴을 하고 뒤죽박죽 뒤섞여 있는 거다.

승냥이 모양을 한 길생이 땅을 기고 있기도 하고, 뱀 모양을 한 길생이 혀 대신 이를 드러내고 있기도 한다. 한 번도 본 적 없는 모양을 한 가면도 꽤 있어서 '저게 어디서 온 괴물일까?' 추측하느라 고개를 갸웃갸웃하는 길생들도 심심찮게 눈에 띈다. 기고 걷고 달리는 것들이 희고 검고 붉고 푸르고 누르고 한 형색과 몰골로 서로 부딪치고 어우러졌다.

서로 누군지 몰라 싸움이 빚어지는 경우도 적지 않다.

"왜 길을 막아?"

"내가 가는 길인데 왜 막아?"

"어서 비키라구!"

"이게 날 치네?"

마주 서서 양보 없이 으르렁대고 있을 수도 없다. 대개는 싸움이 나기 전에 뒤에 오는 길생에게 떠밀려 서로 엇갈려버리기 때문이다. 흩어졌다 모이고 만났다 헤어지는 무리들 사이를 비집으며 누군가를 찾아다니는 길생들도 있다. 어린 길생을 놓치고 하루종일 혼이 빠진 채 돌아다니는 식구들도 있다.

"엄마!"

"아가야!"

"어딨어, 어디 갔어?"

"누가 우리 애기 좀 찾아주세요!"

울부짖으며 찾아다니다 상봉의 기쁨을 환하게 누리기도 한다.

무리 중에는 숨어서 누군가 부지런히 찾아다니는 가면들도 있다.

"저기 토승님 아니신가?"

"어디, 어디?"

"아, 저기!"

축제 첫날부터 누군가를 찾아 여기저기 둘러보고 있는 얼룩말 가면 무리들이 건너편 연희패의 구경꾼 무리 중에서 한 길생을 발견하고 소리친다. 토승이라 지목된 하마 가면은 그러나 이쪽을 힐끗 돌아보는 듯하더니 다시 군중들 사이로 사라졌다. 어디선가 휙, 하는 신호음이 울리자 군중 속에 있던 얼룩말 형상들이 하마 가면이 모습을 감춘 쪽으로 하나둘 몰려간다.

그걸 눈여겨보는 이가 아무도 없는 듯싶더니, 군중 속에서 너구리 형상을 하고 있는 두 친구가 서로 얼굴을 마주 봤다.

"토승이라 했지?"

"분명 토승이라 했어요."

두 친구는 토승이라 불린 자를 좇아 광장을 빠져나간 얼룩말 무리에게서 눈길을 놓지 않는다. 그러고는 재빨리 그 뒤를 따라 달려간다. 가만 보니 이 둘을 따라 움직이는 친구들도 꽤 있다. 각기 다른 길생으로 변장했으나 대부분 몸집이 작아 보이는 이들이다. 이들은 앞선 둘을 따라 신속하게 이동하고 있다. 아무래도 이 나라 길생이라 하기에는 걸음걸이가 이상해 보인다. 그러나 그 역시 눈에 띄지도 않을 만큼 광장은 뒤죽박죽이다.

이런 축제다 보니 이 나라 길생뿐 아니라 이웃 나라 길생들까지 와서 놀다 간다. 얼생국의 민승이나 개·고양이·쥐 같은 얼생들, 비둘기나 청둥오리·고니·참새 같은 날생들도 이상한 가면을 쓰고 축제판에 와서 어슬렁거리기도 한다. 소문에는 먼 바다에서까지 구경 나온 물생 무리도 있다고 한다. 하지만 축제는 어쩌면 그런 의외의 혼돈으로 더욱 흥겨워지는 건지도 모른다. 아는 친구 모르는 얼굴이 이리저리 뒤섞이면서 흥분과 자극으로 달아오르는 것이 이런 축제의 묘미이기도 하다.

놀 거리 먹을거리가 흘러넘친다. 노래나 춤이 있는 건 당연지사다. 곡예나 마술도 한몫한다. 야바위꾼들도 설친다. 군중들은 그 앞에서 장단도 맞추고 손뼉도 치고 한숨도 내뱉고 시시덕거리기

도 한다. 노래패나 연희패들이 자리한 곳에는 적지 않은 구경꾼들
이 각각 울타리를 치듯 둥글게 둘러서서 환호성을 질러대며 호응
하고 있다.

처음 며칠은 노래나 춤보다 광대패의 연희가 시선을 끌었다.
그중에는 연이어 폭소가 터져 나오게 하는 촌극 하나가 뭇 길생들
의 발길을 붙들었다. 원래 길생국에 살다 민숭이들이 주인 행세
를 하는 얼생국으로 간 개와 고양이를 주인공으로 하는 풍자가 대
단하다.

> 들쥐 한 마리 붙잡았다고 희희낙락
> 하루 종일 이리 굴리고 저리 굴려대더니
> 얼생국 민숭이들 가랑이 밑에서
> 발 굴리고 야옹거리는 이 고양이들아!

> 바람 불면 동굴 속에 처박혀 있고
> 날 더우면 혀 빼내고 헉헉대기나 하더니
> 얼생국 민숭이들 가랑이 밑에서
> 꼬리 흔들고 재롱 피우는 이 강아지들아!

한 배우가 이런 노래를 흥얼거리며 고양이와 개 흉내를 낼 때
는 모두들 가면이 벗겨지고 배꼽이 드러나는 줄도 모르고 깔깔거

렸다.

역시 축제를 들뜨게 하는 건 노래패다. 그중에서 나무나 돌·쇠나 청동 같은 것들을 두드리며 연주하는 노래패가 단연 많은 구경꾼을 모으고 있다. 몇몇 춤꾼들이 이들이 연주하며 부르는 노래에 맞게 율동을 시작했다. 나중에 이게 꼬리에 꼬리를 물어 광장은 때때로 일사불란한 군무로 뒤덮이곤 한다.

먹기 위해 사는 것이냐 살기 위해 먹는 것이냐.
야야야 그런 걱정 따위 지나가는 바람결에 날려버리고
야야야 지금은 춤추고 노래하는 게 제일이라네.

오늘은 무슨 일을 할 것이냐 내일은 무얼 먹고 살 것이냐.
야야야 그런 걱정 따위 바닷속 멸치 떼한테나 던져버리고
야야야 지금은 춤추고 마시는 게 제일이라네.

파도가 밀려오면 어쩌나 이 땅이 갈라지면 어쩌나.
야야야 그런 걱정 따위 저 하늘나라에 올려보내고
야야야 지금은 야 소리 질러 야 소리 질러 야야야.

한바탕의 합창과 군무가 끝나면 군중들은 다시 광장과 거리 곳곳을 다니며 떠들고 노느라 정신이 없다. 먹고 마시는 이들이 있

고, 물건을 사고파는 이들이 있다. 삼삼오오 깔깔거리며 웃고 다니는가 하면 삿대질하거나 멱살 잡고 핏대를 올리기도 한다.

구걸하는 놈, 주워 먹는 놈, 훔치는 놈, 뺏어 먹는 놈, 붙잡는 놈, 벌거벗은 놈, 온몸을 황금빛으로 물들인 길생, 제 몸을 가누지 못해 남의 몸에 감기는 길생, 다른 길생하고 눈빛만 마주쳐도 고개 숙이고 달아나는 길생…….

그러다 끝내 도가 지나쳐 본색을 드러낸 산생 몇 마리가 풀생들을 잡아 물어뜯는 일도 생기고, 개구리를 집어삼키려던 구렁이가 두더지 떼의 습격을 받고 주춤주춤 도망가는 일도 벌어진다. 누군가 던진 썩은 생선에 얼굴을 얻어맞고 누군가 젖은 과일을 밟고 미끄러지기도 한다. 갑자기 여기저기서 패싸움이 일어나기도 한다.

그러나 작은 살육이건 집단 패싸움이건 크게 번지는 일은 없다. 어디선가 피 냄새가 난다 싶은 순간이면 곧 요란한 나팔 소리가 나고, 몸에 용 비늘을 두르고 얼굴에 철가면을 쓴 장정들이 쇠사슬을 끌고 나타나기 때문이다. 철가면 장정들이 피 냄새 나는 곳을 향해 달려가면 곧 상황 종료. 찢어진 가면 사이로 몰골을 드러낸 몇 친구들이 끌려간 얼마 뒤 그곳은 이내 웃음소리로 뒤덮인다. 그 위로 다시 합창 소리가 울려퍼지곤 한다.

> 파도가 밀려오면 어쩌나 땅이 갈라지면 어쩌나
> 야야야 그런 걱정 따위 저 하늘에 올려보내고

야야야 지금은 야 소리 질러 야 소리 질러 야야야

신나게 울려퍼지는 이 노랫소리가 갑자기 어둠이 찾아온 듯 잦아드는 때도 있다. 군중들은 자신들이 따라 부른 이 노래가 전혀 엉뚱하게 불리고 있다는 걸 알아채고 한꺼번에 입을 다물기 때문이다.

파도가 밀려오면 어쩌나 땅덩이가 갈라지면 어쩌나
야야야 그런 걱정 따위 저 산호랑이한테 날려 보내고
야야야 지금은 야 소리 질러 야 소리 질러 야야야

군중이 자신들이 부른 노래 가사의 일부가 바뀌었다는 사실을 뒤늦게 깨닫고 스스로 깜짝 놀라는 거였다. 그러고는 누가 듣지 않았을까 주변을 살피곤 한다. 요행히 "저 하늘에 날려버리고"가 "저 산호랑이한테 날려 보내고"로 바뀌어 불린 사실보다 흥겹던 합창 소리가 갑자기 멎어버린 걸 이상하게 여기는 이가 더 많다.

그렇다. 축제의 그 열기 속에 상처는 새 살에 덮이고 의구심은 망각의 강을 건넌다. 피어나는 무성한 소문도 광장의 열기를 부채질할 뿐 그 근원을 캐려는 노력을 하는 이는 아무도 없는 듯하다. 광장은 다시 시끄러운 노래와 떠드는 소음으로 열기를 더해 간다.

둘째 마당

늑대 밥이 될 수는 없는 법

축제 기간 내내 날씨도 쾌청했다. 햇빛을 흔들어주는 바람이 있었으며 때때로 비가 흩뿌려 열을 식혀주기도 했다. 이런 계절에 먹을거리 놀 거리 볼거리 어울릴 거리가 널려 있으니 이게 낙원이 아니고 무엇이랴 싶다.

하지만 아시다시피 축제만 열리는 세상도 없고 축제로만 살 수 있는 삶도 없다. 축제는 원래 마취제 같은 거다. 생존의 고통을 잊으려는 아슬아슬한 희열 같은 거다.

축제가 끝나면 그다음엔?

축제가 끝나면 묵은 상처가 되살아나 숙취처럼 젖은 내장을 괴롭히고 숨은 소문들이 스멀스멀 기어나와 조용히 대지로 펼쳐져 간다.

그리고 그다음엔?

일이다! 노동이다! 축제를 끝낸 길생들은 노동의 족쇄를 스스로 발목에 채우며 일터로 돌아간다. 그 앞에는 살을 저미는 노동이 기다리고 있다.

아니 실은 노동보다 더 중요한 것은 세상에 태어난 모든 생명체가 그러하듯 새끼를 쳐서 종족을 보존하는 일이다. 풀생이나 알생은 말할 것도 없고 땅생이나 산생들까지도 너나 할 것 없이 틈만 나면 부지런히 알을 낳거나 새끼를 쳐서 길러야만 했다. 그렇게 낳아 기른 새끼들의 일부는 살생과 육식 본능을 어쩌지 못하는 짐승들에게 세금으로 던져주어야 한다. 그러니 더욱 맹렬한 번식만이 그들의 존재 이유가 된다. 그걸 위해 노동을 하는 것이고 그 노동을 위해 축제가 있는 것이다.

그러니까 축제는 번식을 위한 달콤한 채찍인 거다. 그나마 그 달콤함을 누릴 수 있는 기회도 일 년 한 차례뿐이다. 축제 광장까지 올 수 없는 먼 곳에 사는 길생들은 축제 기간 중에서 그저 자기가 사는 마을에서 먹을 것 즐길 것 없는 채로 몇 차례 흥얼거리는 것으로 지난다. 그 정도도 할 수 없는 길생들은 굶주린 몸을 지탱하는 데 급급해 그런 축제가 있는지조차 모르고 지나고 있다.

세상이 이러한데도 축제의 쾌락에도 죽음의 노동에도 몸과 마음을 내놓지 않는 특별한 존재들이 있기는 하다. 자기 영역에서 노동하고 사는 것도 아니고 그렇다고 축제에 와서도 그리 흥겹게 노는 것 같지도 않은 길생들 말이다. 춤과 노래도 먹고 마시는 일에도 크게 관심을 두지 않는 이들이 주로 하는 일은 그냥 무엇인가 말을 한다는 것이다. 목숨을 부지될 만큼의 식량만 마련되면 이들은 대개 말하는 일로 시간을 때우는 듯하다.

이들은 축제 광장 여기저기를 어슬렁거리다가 소리가 잦아드는 외곽으로 하나둘씩 모여든다. 이들은 거의 말놀이로만 시간을 보내는데 그 내용이 두 가지다. 하나는 세상일과는 아무런 관련이 없는 기이한 비유다. 이를테면 이런 식이다.

— 욕망이 이글거리는 시장에도 어김없이 바람이 불어와 옷깃을 날리네.

— 땅에서 올라오는 허연 기운을 쇠사슬로 이리저리 이끌고 다니노라.

— 우물 안에 달이 떠 있어 그 달을 두 팔로 안으니 하늘이 쪽빛으로 번져가네.

— 광장의 수많은 짐승들 사이에 유령처럼 떨어지는 나뭇잎을 보아라.

서로 알아들을 수 없는 얘기를 하고는 낄낄거리는 길생들 사이로 그걸 해독하느라 전전긍긍하는 길생도 보인다. 그 곁에는 병째로 술을 들이마시면서 뭐라고뭐라고 훈수를 두는 친구도 있는데 그 훈수도 또한 대동소이한 내용이다.

이 반대로 세상에서 벌어지는 일에 대해 문제 삼는 시시콜콜한 내용들이 둘째 유형이다. 이를테면 이런 식이다.

— 먹고 노는 축제는 이 나라의 후진성을 여실히 보여주는 것이다.

— 일 년에 한 번 하는 국가 축제가 이렇게 천편일률적이어서는 안 된다.

— 알맹이 없이 생색만 내는 축제는 세금 낭비에 불과하다.

— 축제는 국가의 은혜이니만큼 마음껏 즐기되 질서는 지켜야 한다.

— 가면 쓴 것을 빌미로 국가를 비방하는 무리를 경계해야 한다.

이런 정도는 그냥 쉽게 오가는 말들이다. 찬성도 하고 반대도 한다. 그래서 대개는 심드렁한 반응으로 마감되지만 또한 그 나름대로 좀더 귀를 끌어당기는 말에 대한 기대를 낳는 효과도 얻는다. 이럴 때 들리는 말은 이런 것들이다.

— 말조심들 하시게나. 여기서 떠드는 말을 누군가 듣고 있다가 심한 말은 나중에 반드시 응징을 당한다네.

— 축제는 불순분자들을 추리려는 수작인 걸 모르나? 이걸 파헤쳐야 한다네.

— 축제 때 나오는 고기는 그동안 말썽 피우다 감옥에 끌려들어가 있던 길생들을 죽여 소금에 절인 것이라네.

물론 이런 말을 주고받는 길생들은 자신도 모르게 몸을 낮추고 주변을 살피게 된다. 먹던 고기를 코에 대고 냄새를 맡아보는 것은 그다음 일이다. 그래서인지 뭔가 흉흉한 말들이 은밀히 오가는

데 크게 문제되는 일은 없는 모양이다. 아니, 그렇게 발설하는 걸로 이미 분노나 울분이 해소되기도 하는 모양이니 이것도 축제의 노림수이겠거니 싶다.

말하는 걸 취미로 하는 길생들 중에는 세태의 정곡을 찌르는 재담이나 풍자로 뜻밖으로 많은 군중을 불러 모으는 이도 있다. 노래패나 연희패보다는 못하지만 이들도 박수 치고 호응하는 구경꾼들에게 수시로 둘러싸이곤 한다. 축제가 무르익어가자 이들 발언자들끼리 경합이 일어나면서 그곳에 저절로 발언 대결장이 만들어진다. 이 대결장에서는 특이하게도 청중의 감정을 희로애락으로 몰고 가는 재담꾼들은 일찌감치 탈락하고 점차 길생국에서 일어나는 여러 가지 사회문제에 대해 지적하는 발언자들이 더 큰 호응을 얻고 있다.

마지막 날이 되자 두 길생이 남아 대결을 벌이게 됐다. 대결장 한가운데가 움푹 패었고 사방으로 절로 형성된 둔덕에 구경꾼들이 둥글게 둘러앉아 있다. 두 길생은 대결장 양편에 서서 서로 마주 보고 있다. 하나는 몸집은 컸으나 개 모양의 옷을 입고 얼굴에는 알생들이 먹이로 잘 잡아먹는 메뚜기 모양의 가면을 썼다. 또하나는 얼굴도 몸도 하마 모양을 하고 있는데 가면이 헐렁한 걸로 봐서 체구가 작은 길생이다. 둘 사이에 후덕해 보이는 반달곰 가죽을 쓴 심판관이 섰다.

유흥과 풍악이 있는 광장 쪽보다야 덜하지만 이쪽 열기도 만만

하게 볼 게 아니다. 여러 종족들이 구경꾼이 돼 있다. 가면을 썼으니 쉽게 분간은 가지 않았지만 어떻든 풀생·산생·땅생·알생 다 있을 거다. 얼생·날생에 바다에서 온 물생들도 섞여 있을지 모른다. 길 잃은 놈, 싸우던 놈, 먹고 배탈 나 설사를 해대던 놈, 춤추던 놈 같은 놀고먹자파 중에서 건너온 길생들도 꽤 있을 거다. 좀 전에 하마 모양 길생을 토승이라 부르며 뒤쫓아온 얼룩말 무리들도 있다. 역시 그들의 뒤를 몰래 추적하던 무리들 역시 너구리 형상을 한 두 장정을 중심으로 구경꾼들 사이사이에 띄엄띄엄 자리 잡고 있다.

대결장이 잘 내려다보이는 높은 둔덕에 온몸에 뱀 여러 마리를 두른 길생이 단연 눈에 띈다. 온몸에 둘려진 뱀들이 머리 주변에서 서로 대가리를 흔들며 혀를 날름거리고 있어서 얼굴 형상이 제대로 드러나지 않는다. 드러나지 않은 얼굴 위로 사슴뿔 같은 관을 써서 그 관이 마치 몸체와 떨어져 공중에 떠 있는 듯했다. 그걸 알아본 길생들이 한마디씩 중얼거렸다.

— 오, 오늘 사슴왕께서 친림하셨으니 볼 만하겠는걸!

— 길생들이 발언하는 걸 친히 들으시려고 오신 거야!

— 와우! 멋있네, 사슴관!

— 쉿! 그래도 말조심해야지. 잘못 걸리면 뼈까지 다 씹혀버리고 말 거야.

이 나라의 통치자 사슴왕은 마침내 자리에서 일어나 두 팔을 벌렸다. 그러자 뱀들로 둘러쳐져 있던 양 소매가 밖으로 열리면서 공작 깃처럼 활짝 펴진다. 깃 안쪽 달린 알록달록한 구슬들이 요란하게 소리를 낸다.

"이 나라는 배불리 먹고 노는 것만 바라는 길생의 나라가 아니다. 말을 틔워 뜻을 세우고 그 뜻을 받드는 나라가 바로 우리 길생국이다. 어떤 발언이라도 좋다. 이 자리에서 발언하는 내용은 그 어떤 거라도 문제 삼지 않겠다. 발언한 그대로 이 나라를 다스리는 교훈으로 삼을 것인즉, 오늘 마지막 남은 두 발언자도 끝까지 자신의 마음 깊이 숨겨두고 있던 소중한 얘기를 소신껏 발언해주기 바란다."

말을 끝낸 사슴왕이 오른손을 높이 들자 둔덕 한 곳에 모여 있던 들새 가면을 쓴 무리들이 입을 크게 벌리며 일제히 나팔 소리를 냈다. 그 소리가 시작 신호였다. 평지 한가운데에 선 심판관 반달곰 가면이 두 대결자를 한가운데로 모아놓고 몇 가지 주의를 주는 동작을 한다. 그러고는 두 길생의 어깨를 가볍게 쳤다.

먼저 발언하는 이는 메뚜기 가면이다. 음성의 높낮이 변화가 심했지만 중요한 지점에 반드시 강세를 두어서 자신이 전하고자 하는 의미를 분명히 전달하는 노련함으로 결승까지 온 발언자다. 특히 자신이 묻고 청중이 답하는 문답식 구성으로 호응을 이끄는 재능은 탁월했다. 구경꾼들은 이미 이 메뚜기 가면을 충분히 신뢰하고 있는 눈치다. 게다가 메뚜기 가면이 말을 시작하려 하자 구경꾼들 사이에서 절로 노랫소리가 흘러나온다.

> 들판에 무르익은 누른 곡식들
> 나무들마다 농익은 붉은 열매들
> 이게 다 누구 것?
> – 바로 우리 것!
>
> 바다에서 건진 싱싱한 물고기들
> 공중으로 날아올라 낚아챈 날짐승들
> 이게 다 누구 것?
> – 바로 우리 것!
>
> 이 부드러운 햇빛 이 포근한 바람
> 이 풍족한 음식 이 신나는 축제
> 이게 다 누구 덕?
> – 바로 당신 덕!

며칠 전 메뚜기 가면이 처음 등장해서 "이게 다 누구 것?" "바로 우리 것!" 이렇게 화답하는 수법으로 구경꾼들의 호응을 이끌어내는 데 성공한 노래다. 메뚜기 가면은 자신의 노래를 불러주는 청중들에 이미 익숙한 듯 몸을 가볍게 흔들어 운율을 탔다. 그리고 마지막으로 "이게 다 누구 덕?" 할 때 두 팔을 벌려 "바로 당신 덕!" 하는 화답을 온몸으로 받아내 그것을 둔덕 높은 곳의 사슴왕에게 바치는 시늉을 해 보인다. 구경꾼들의 시선이 사슴왕 쪽으로 쏠리자 사슴왕은 다시 자리에서 일어나 두 팔을 벌렸고 그사이 사슴왕의 얼굴을 에워싸고 있는 뱀 대가리들이 맹렬하게 혀를 놀려 기쁨을 표했다. 구경꾼들은 다시 몇 차례 "바로 당신 덕!" 하는 후렴구 노래로 환호했다.

이 달아오른 열기 위에 메뚜기 가면의 능란한 화술이 얹어지고 있다.

"여러분, 이제 축제는 절정입니다. 한 해 동안 열심히 일하고 이렇게 축제를 마음껏 즐기고 있습니다. 축제는 과연 열심히 일한 길생들의 특권이지요. 일했으니 즐기고 즐긴 만큼 일하는 겁니다. 여러분은 어떻습니까? 자, 이제 묻습니다. 여러분은 이 축제를 마음껏 즐길 자격이 있다, 없다?"

"있다!"

"있다! 그렇죠! 여러분은 이 축제를 즐길 자격이 충분합니다. 여러분은 이 나라의 하늘이요 이 나라의 중심입니다. 당연히 이 축제의 주인도 여러분인 겁니다. 이 기분으로 오늘 밤 영혼을 다 바쳐 즐기는 겁니다. 그리고 내일부터 열심히 일을 하는 겁니다. 여러분, 즐거우시지요? 여러분은 이 축제를 즐길 자격이 있다, 없다?"

"있다!"

"있다! 바로 그렇습니다! 있지요, 있고 말고요. 있습니다. 자, 그런데 말입니다."

자, 그런데 말입니다. 하고 메뚜기 가면은 말하고 있다. 자신의 이야기 속으로 구경꾼들을 끌어들인 다음 이제 제대로 된 주장을 펼치겠다는 뜻이다. 예상대로 구경꾼들은 메뚜기 가면의 말 속으로 빠져들어갔다.

"그런데 말입니다. 오늘날 이 축제의 진정한 의미를 모르고 불평불만을 터뜨리는 무리들이 있어서 참으로 유감이 아닐 수 없어요. 낭비가 심하다, 내용이 재미없다, 무엇을 위한 축제냐 이런 식의 말들을 하는 무리들이 있다는 말입니다. 이 무리들은 축제가 시작되고 끝나는 이 시간까지 줄곧 축제를 비판해왔습니다. 그동안 우리는 이런 무리가 있는 줄 알면서도 그저 품고 지켜봤지요. 우리는 우리를 분열시키는 이런 무리를 그냥 두어야 할까요?"

"그런 놈이 누구입니까? 우리나라를 망하게 하려고 애쓰는 그런 놈이 어디 있는지요?"

누군가 관중석에서 일어나 소리친다. 아니나다를까 그 소리에 열광적인 호응이 뒤이어진다.

"옳습니다. 그런 놈은 바로 잡아 족쳐야 합니다!"

"옳소!"

"옳소!"

메뚜기 가면의 화술은 보기 좋게 먹혀들었다. 구경꾼들은 메뚜기 가면이 이끄는 대로 길생국의 축제를 비판해온 무리들을 잡아 족쳐야 한다고 떠들어댄다. 메뚜기 가면은 청중들의 분노를 눈길로 받아냈다.

메뚜기 가면은 화술도 뛰어났지만 무엇보다 특별한 것은 그 내용이 그동안 이 대회에서 은연중에 축제를 비판해온 하마 가면을 직접 공격했다는 점이다. 하마 가면으로서는 절대적으로 불리한 상황이 됐다. 게다가 지금은 사슴왕이 친림한 자리다. 사슴왕이 이 자리에서 한 어떤 발언도 수용한다 했지만 그 말을 다 믿어서는 안 된다는 걸 모르는 길생은 없다.

"그런 놈들은 잡아 족쳐야 한다!"

"옳소, 족치자!"

"옳소!"

청중들의 분노는 절로 다음 차례인 하마 가면을 향하고 있다. 하마 가면은 자칫 잘못하면 시작도 못하고 무대에서 쫓겨날 판이다.

이때 반달곰 가면이 가운데로 들어서서 손을 높이 들었다. 그 동작에 맞추어 하마 가면이 일부러 입을 크게 벌리는 흉내를 내며 모습을 드러냈다. 하마 가면은 청중들이 주춤하는 기색을 보이는 틈을 놓치지 않고 말을 시작했다.

"저는 이 나라 출신으로 지난 여러 해 동안 다른 여러 길생국을 돌아다니며 그 나라 왕들이 통치하는 것을 보았습니다. 다른 나라에도 이런 축제가 있었지요. 한데 다른 나라 축제와 이 나라 축제가 다른 점이 딱 하나 있었습니다. 축제는 어떤 나라고 할 것 없이 흥겹게 먹고 노는 것이 전부입니다. 한데 이 나라 축제에는 먹고 노는 것 말고 백성들이 하고 싶은 말을 마음껏 할 수 있는 이 같은 발언장이 있다는 사실! 이것은 우리 사슴왕께서 백성을 생각하는 마음이 그만큼 지극해서라고 생각합니다."

두어 걸음 뒤로 물러서 있던 메뚜기 가면은 하마 가면이 발언하는 동안 조금이라도 빈틈이 보이면 바로 말머리를 가로챌 궁리를 하고 있다. 그러나 하마 가면이 사슴왕을 칭찬하는 말부터 하는 바람에 머쓱해졌다.

하마 가면이 말을 잇는다.

"사슴왕께서 말씀하시기를 이 나라는 배불리 먹고 노는 것만 바라는 길생의 나라가 아니고, 말을 틔워 뜻을 세우고 그 뜻을 받드는 나라라 하셨어요. 이 자리에서 하는 좋은 말을 모아 나라를 다스리는 교훈으로 삼을 것이라 하셨습니다. 이 또한 바른 생각으로 바르게 사는 나라를 만드시려는 고귀한 뜻이 아닐 수 없습니다."

하마 가면은 다시 한번 사슴왕을 추켜올려준 다음 길게 심호흡을 했다.

"그런데 말입니다. 여기 모인 여러분은 이 축제가 끝나면 무슨 일을 하나요? 다시 한 해 동안 농사짓고 나무 베고 집 짓고 다리 놓고 살게 됩니다. 어떤 길생은 전쟁터에 나가고 어떤 길생은 관청을 지킵니다. 그렇게 건강하게 한 해를 잘 보낸 길생들은 이렇게 다시 모여 축제를 벌입니다. 그러고 나면 다시 농사짓고 나무 베고 집 짓고 다리 놓고 관청을 지키지요. 일하는 틈틈이 자식을 낳아 길러서는 그중 몇은 반드시 육식하는 길생들에게 바쳐야 합니다. 육식하는 길생들은 국경을 지켜 외적을 막아내는 일을 해야 하지만 실은 국경 수비는 뒷전이고 서로 풀 먹고 사는 풀생들이나 땅에서 사는 땅생들의 주변 땅을 차지하고 호시탐탐 먹잇감만 노리고 있습니다. 우리 길생국은 이렇듯 평생 먹고 먹히는 세상이 되고 말았습니다. 축제는 빛 좋은 개살구일 뿐, 이 길생국은 이런 축제가 없었던 선대보다도 더 잔혹한 착취로 몸살을 앓고 있습니다."

하마 가면은 몸집이 작아 보였지만 날카로운 음성이 숲 속 광장 전체에 메아리를 남기며 울려퍼졌다. 구경꾼들은 모두 할 말을 잊었다. 지난 며칠 동안 하마 가면의 발언을 지켜보고 열심히 박수를 친 그들이다. 하지만 오늘은 자리에 친림한 사슴왕 눈치를 보지 않을 수 없어 이러지도 저러지도 못하는 형국이 됐다.

"지난 한 해 여러분의 집 식구 중에 배를 곯고 쓰러져 누운 길생은 없었습니까? 병이 든 식구를 위해 약을 구하러 관청에 갔다가 쫓겨난 적이 없었습니까? 여러분은 이 축제에 와서 먹고 마시고 노래하고 춤추면서 그 아프고 병든 가족들 생각이 나지 않았습니까? 여러분들의 옆을 돌아보세요. 그 가족들이 여기 함께 와 있습니까? 우리 길생들은 일 년 내내 온몸을 다 바쳐 일합니다. 풀생·땅생·날생 들은 말할 것도 없고 주로 육식을 하는 산생들조차 오직 힘으로 많은 것을 차지하려는 자들 때문에 먹고살기 힘든 삶을 살아야 합니다."

아무리 발언의 자유가 주어진 축제라 하지만 하마 가면의 말은 그 자유의 범위를 넘어서고 있다. 심판을 맡은 반달곰 가면이 뒤늦게 하마 가면을 가로막으려 다가가보지만 하마 가면은 사방의 구경꾼들을 돌아보며 한마디 망설임도 없이 발언을 마무리해버린다.

"자, 여러분! 우리는 한평생 일만 하고 살다 힘센 산생의 먹이가 되거나 운좋게 살아남아도 굶주려 뼈만 앙상한 채 죽어가야 합니다. 우리는 왜, 누구를 위해서 이렇게 살다가 죽어야 합니까!"

하마 가면은 마지막까지 쇳소리를 내어가며 청중을 휘어잡았다. 그러나 오늘은 달랐다. 아무 구경꾼도 환호성을 지르지 않았다. 한동안 침묵이 이어졌다. 이제 이 대결은 메뚜기 가면의 승리로 싱겁게 끝나게 됐다. 하지만 문제는 누가 승리하고 누가 패배하느냐에 있지 않았다. 심판관인 반달곰 가면이 이 적막한 침묵의 시간을 깨고 마지막 폐막을 선언하기 위해 소리를 지르려 하는 때였다.

갑자기 광장을 요란하게 울리는 포효가 일었다. 구경꾼들은 바닥에 납작 엎드렸다. 곧이어 짐승 여럿이 죽어가는 비명이 울렸고 허공으로 튀어오른 피범벅이 사방으로 흩뿌려졌다. 사슴왕의 머리를 에워싸고 있던 뱀 대가리가 사슴왕의 이빨에 씹히고 찢겨 날아간 것이다. 사슴왕은 어느새 거대한 산호랑이 모습으로 변해 소리치고 있다.

"네 이놈! 어디서 함부로 주둥이를 놀리느냐! 여봐라, 저놈의 가면을 벗기고 어서 그 잘난 혀를 뽑아버려라!"

곧이어 사방에서 나팔 소리가 났다. 용 문신으로 치장한 길생들이 쇠사슬을 끌며 달려오는데 이제 옷이 벗겨지면서 그 안에서 늑대의 모습을 드러내고 만다. 심판관 반달곰은 가면을 벗고 고라니로 모습을 바꾸어 얼른 달아나버렸고, 메뚜기 가면은 여우 모양을 하고 광장을 이리저리 뛰어다니며 사슴왕의 눈치를 보고 있다. 하마 가면은 달려오는 늑대들 다리 사이로 달아나 한쪽 둔덕에 올라섰다. 그러고는 가면을 벗어던지며 소리쳤다.

"여러분, 바로 저자들을 보세요! 우리 길생국을 이끈 사슴왕이라는 자는 왕이 된 이후 축제를 벌여 길생들에게 선심을 베푸는 척하고는 그동안 이 늑대나 여우 같은 무리들을 앞세워 길생들을 어느 때보다 더 가혹하게 착취해왔습니다. 그러고는 이런 발언 대회를 열어 마치 언로를 연 것처럼 자화자찬하고 있는 간악한 왕인 것을 잘 아셔야 합니다."

하마 가면 속의 얼굴은 입이 큰 토끼였다. 입 큰 토끼는 자신을 잡으러 드는 늑대들을 피해 깡충깡충 뛰어다니며 산호랑이 일파를 놀려댔다. 산호랑이도 마냥 흥분만 하고 있지 않았다.

"아하, 저놈이 바로 소문난 그놈이구나! 원래 이 나라 길생이었는데 제 잘난 혀만 믿고 이 나라 저 나라 다니면서 나라 잘 다스리는 법을 알려준답시고 왕들을 찾아가 밥이나 얻어먹고 산다는 그 입 큰 토끼로구나! 그래, 오늘 저 잘난 입을 요절내주마. 모두들 잘 들어라! 오늘 만일 저놈에게 동조하는 길생은 무조건 함께 죽일 것이되 저놈을 잡는 길생에게는 일 년 내내 일하는 것을 면하게 하고 떵떵거리면서 잘 먹고 잘 살게 해주겠다! 어서 저놈을 잡아라!"

산호랑이의 명령이 다시 떨어지자 여기저기서 가면 벗는 소리가 들린다. 산호랑이의 말을 믿은 구경꾼들이 이제 입 큰 토끼를 잡아 팔자를 고칠 양으로 덤벼들 기세다. 정체를 알 수 없는 가면들로 뒤섞여 있던 숲 속 광장은 이제 호랑이·곰·여우·승냥이처럼 산에 사는 산생, 토끼·얼룩말·노루·사슴·기린처럼 풀 먹고 사는 풀생, 너구리·오소리·두더지처럼 땅 파고 사는 땅생, 뱀·개구리·남생이처럼 알에서 나온 알생 들이 제각기 자기 모습을 드러내고 이리저리 몰려다니고 있다. 입 큰 토끼는 달려드는 늑대들을 피해 길생들 사이를 껑충껑충 뛰어본다. 그러나 늑대들은 전혀 동요하지 않고 포위망을 좁혀 온다.

그때 한쪽에서 소리를 질러오는 길생이 있다.

"토승님! 어서 이리로 오세요!"

둔덕의 구경꾼들 사이에서 얼룩말 가면을 쓰고 앉아 있던 토끼 동족들이다. 이들이 얼른 입 큰 토끼를 에워쌌다. 토끼 무리들이 함께 껑충껑충 뛰는 시늉을 하면서 몰려다니자 달려들던 늑대들이 주춤했다. 그 틈을 놓치지 않고 입 큰 토끼는 광장 쪽으로 내달린다. 이번에는 그 뒤를 너구리·살쾡이·두더지·올빼미 형상을 한 무리들이 여전히 가면을 벗지 않고 달려간다.

"악!"

입 큰 토끼의 입에서 갑자기 비명이 새어나왔다. 늑대 패들이 던진 쇠사슬에 다리가 걸린 것이다.

"이놈 입 큰 토끼야, 꼴좋구나! 입이 달렸다고 아무 데서나 놀리다가는 그 혀부터 뽑혀 먹잇감이 되고 마는 거란다!"

늑대 우두머리가 쇠사슬로 입 큰 토끼를 끌어당겼다. 이제 입 큰 토끼는 그 큰 입을 벌리고 혀를 길게 빼놓아야 할 참이었다. 그러나 잡혀서 늑대 밥이 될 수는 없는 일. 입 큰 토끼는 몸을 잔뜩 사리고 사방을 둘러본다. 늑대 몇 놈이 몸을 덮쳐왔다.

그때다.

입 큰 토끼를 덮치려던 늑대들이 갑자기 눈을 가리고 비명을 질렀다. 입 큰 토끼가 돌아보니 몸이 납작하게 생긴 물생 하나가 거울을 쳐들고 햇빛을 반사시키고 있다.

"어서 이리 오시오, 토선생!"

그 옆에 그보다 몸집이 더 큰 물생이 입 큰 토끼의 팔을 당겨 올린다.

갑자기 주변에서 쿵쾅거리는 음악 소리가 들리더니 익숙한 노랫소리가 터져 나온다. 시장 광장을 주름잡던 노래패들이 앞장을 서고 그 뒤를 많은 길생들이 따라오며 노래를 부르고 있었다.

> 파도가 밀려오면 어쩌나 땅이 갈라지면 어쩌나
> 야야야 그런 걱정 따위 저 하늘에 날려버리고
> 야야야 지금은 야 소리 질러 야 소리 질러 야야야

> 파도가 밀려오면 어쩌나 땅이 갈라지면 어쩌나
> 야야야 그런 걱정 따위 저 사슴왕한테 날려 보내고
> 야야야 지금은 야 소리 질러 야 소리 질러 야야야

> 파도가 밀려오면 어쩌나 땅이 갈라지면 어쩌나
> 야야야 그런 걱정 따위 저 산호랑이한테 날려 보내고
> 야야야 지금은 야 소리 질러 야 소리 질러 야야야

'저 하늘에 올려보내고'가 '저 사슴왕에게 날려버리고'가 되고, 그게 다시 '저 산호랑이에게 날려버리고'로 바뀌어져 불리고 있었다. 그러는 사이 입 큰 토끼는 용케 늑대들의 쇠사슬에 걸린 발을 풀고 광장의 무리 속에서 모습을 감추었다 드러냈다 한다. 그걸

따라 토끼 종족들이 함께 이리 뛰고 저리 뛰고, 다시 그걸 보고 너구리·오소리·두더지 형상의 이상한 종족들이 여기저기 마구 뛰어다닌다.

"엇, 어디 갔지?"

"입 큰 토끼 놈, 이놈 어디 갔지?'

쫓던 늑대들이 어안이 벙벙해 있는 사이 다시 노래패들이 집단 군무 패들을 이끌고 광장 한가운데를 지나갔다.

파도가 밀려오면 어쩌나 땅이 갈라지면 어쩌나

야야야 그런 걱정 따위 저 산호랑이한테 날려 보내고

야야야 지금은 야 소리 질러 야 소리 질러 야야야

셋째 마당

너는 꿈을 꾸고
나는 유혹하고

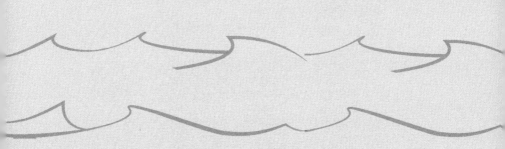

새소리 바람소리에 두 귀는 쫑긋

알밤 도토리 까 먹고 큰 입이 뾰족

별 보고 달 보고 눈알이 뱅글

별빛에 달빛에 온몸이 빙글

사나운 짐승 피해 다리는 깡충

허리는 잘록 꼬리는 짤막

너구리·오소리·두더지 가면을 쓰고 있던 자라·거북·방게의 무리들은 전쟁터 같은 길생국 축제에서 용케 토선생을 구해냈다. 그러고는 미친 듯이 도망쳐 바다가 내려다보이는 언덕에 이르러 여장을 풀었다. 순번을 돌아가며 경계하느라 힘들기는 했지만 곧 집으로 돌아갈 수 있다는 설렘을 안고 밤을 이겨냈다.

새벽에 정찰 나간 방게들이 돌아왔다.

"바다로 가는 지름길을 찾았습니다."

"혹시 이상한 냄새는 나지 않더냐?"

"냄새도 전혀 나지 않았습니다. 이동하는 데 무리가 없겠습니다."

일행이 이동할 때 가장 신경 쓰는 것이 육식하는 산생들의 분뇨 냄새다. 조금이라도 이상한 냄새가 난다 하면 일단 피하는 게 상책이다. 어쩔 수 없이 그런 곳을 지나야 한다면 반드시 선발대부터 보내서 안전을 확인한 뒤에 본진이 움직여야 한다.

정찰대의 보고를 받은 구주사는 적이 안심한다. 잠자는 대원들을 모두 깨워 아침 식사를 들게 하고 동굴 안으로 들어갔다.

"자, 이제 가실 준비를 하셔야지요."

구주사는 순간 동굴 안에 펼쳐진 광경을 보고 맥이 풀리고 만다. 토선생은 여전히 잠에서 깨어나오지 못했다. 어젯밤부터 아침까지 물 한 방울 안 마시고 잠을 잘 잤으니 깨어날 때도 됐다 싶었지만 그게 아니었다. 그보다 더 한심한 것은 별주부의 모습이다.

별주부는 잠든 토선생 옆에 그림 한 장을 펼쳐놓고 손에는 산호 돋보기를 들었다. 그림 한 번 보고 짐승 한 번 보고 그림 한 번 보고 짐승 한 번 본다. 귀가 쫑긋, 입이 뾰족, 허리는 잘룩하고, 꼬리는 짤막하다. 몸집도 작고 털빛도 희다. 그림하고 다를 바 없다.

그래도 별주부는 손길은 섬세하다. 짐승의 얼굴을 요리 돌리고

조리 돌려본다. 조심스럽게 눈꺼풀을 뒤집어 눈알을 들여다본다. 길다 못해 끝이 접힌 귀를 당겨 그림 옆에 대본다. 튀어나온 입을 만져본다. 갈라진 코끝 살을 하나하나 만지작거린다. 코끝에 몇 낱 돋은 털도 한 올 한 올 비벼본다. 가슴에서부터 아랫배까지 꾹 꾹 눌러보기도 한다.

"이자가 토끼, 우리가 찾던 그 토끼가 틀림없겠지?"

별주부가 고개를 이리 삐딱 저리 삐딱 하고 있는 것도 간밤에 이미 수십 차례가 하던 동작이다. 갸웃하고 중얼대고 하는 건 신중하기를 넘어 우유부단을 넘고 천하태평을 넘을 지경이다. 구주사는 씩씩거리며 지켜보다 못해 결국 소리를 지르고 만다.

"어허, 나 원 참! 어젯밤에 그만큼 들여다봤으면 됐지 무엇 땜에 또 그러고 계시는 겁니까. 죽었는지 살았는지 살피면서 한 시간, 생김새 보고 뜯고 하면서 또 한 시간. 그러다 잠도 제대로 못 자지 않았습니까. 그러고 계시다가 성질 급한 놈 장사부터 먼저 치르겠어요."

"아니, 아닐세. 급하다고 서둘 일이 아니야."

별주부는 고개를 절레절레 흔든다.

"아 글쎄, 이놈 생김새가 우리가 가져온 그림 그대로 귀·코·입·허리·다리 할 것 없이 영락없는 토끼 아니에요! 이놈이 바로 우리가 그토록 찾던 토끼, 그놈이 틀림없다니까요. 어서 이놈을 꽁꽁 묶어서 싣고 갑시다!"

구주사의 손에는 어느새 밧줄이 들려 있다.

"자칫 잘못해 엉뚱한 길생을 데려갔다가 용왕님 환후도 못 고치는 불충에 애꿎은 목숨 하나를 아깝게 해치기만 하게 돼."

"용왕님 숨 넘어가신 뒤에 이놈을 잡아간들 무슨 소용 있겠어요."

"어허, 우리가 찾는 토끼는 그저 그런 토끼가 아니라니까. 달나라에 있을 때는 밤마다 떡방아를 찧어 달빛에 몸을 잘 그을린 몸뚱어리가 된 토끼라야 해. 땅에 내려와서는 천하를 주유하면서 각 나라의 절경과 명승의 그윽한 정취를 몸에 받고 온갖 이름난 폭포수 개울물을 다 먹어서 허공 산수의 빛과 물과 흙의 기운이 조화롭게 온몸에 스며들어가 내장에 신비한 기운이 퍼져 있어야 한다구."

"이놈이 달나라에 살다가 쫓겨 내려온 뒤 이 나라 저 나라 찾아다니며 말솜씨를 뽐낸 토끼란 건 어제 축제 때 다 확인한 일 아닙니까?"

"그건 그렇지."

"그러면 무얼 그리 더 더듬고 있는 겁니까?"

"달나라에 산 흔적이 어디 남아 있을 텐데……."

별주부의 손은 다시 토끼의 몸을 더듬고 있다.

"이놈이 달나라에 살았다거나 천하를 주유할 때 과연 허공 산수의 빛과 물과 흙의 기운이 조화롭게 온몸에 스며들거나 하는 것은 지금 여기서 확인할 길도 없는 거잖아요."

별주부의 손은 또 코끝과 입술 사이에 난 검은 점 여럿에 선을 긋듯이 하나하나 짚어본다.

"이게 필시 달나라에서 도망치다가 별빛에 그을려 생긴 별 모양 이렷다! 으흠, 여기 이 점들이 마치 북두칠성 같구나!"

가볍게 한숨을 내쉰 별주부가 토끼의 귀에 입을 가까이 대고 말한다.

"이보시오, 토선생? 정신 좀 차려보시오!"

별주부가 토선생을 흔들어 깨우자 구주사가 기겁을 한다.

"아니, 그냥 붙잡아서 데려가면 되는데 무엇 때문에 깨워요?"

"이자를 깨워서 우리가 용궁에 데리고 가는 이유를 설명해야 지."

"뭐라구요? 용궁에 데리고 가는 이유를 설명한다고요? 지금 장난하시는 거예요? 지금 이 토끼한테 용왕님 병이 나으시려면 당신 간을 빼 잡수셔야 하니 함께 가서 간을 빼달라고 설명하시게 요?"

"그렇지!"

"아이그!"

구주사는 두 주먹으로 자신의 가슴을 탕탕 치고 나서 다시 머리를 싸매는 시늉도 해보다가 급기야는 그 자리에서 폴짝폴짝 뛰고야 만다. 그러나 더는 그럴 수 없다는 듯이 품에서 무언가 꺼내 든다. 손끝에서 반짝 빛이 난다 싶더니 손에 단도를 빼 든 거다. 바로 물생계의 심생국에서 가장 예리한 날을 자랑하는 진주조개칼이었다.

"이 칼 아시죠? 용왕님께서 특별히 제게 하사하신 칼입니다. 이놈을 깨워서 설명하고 어쩌다 일을 그르치면 주부는 물론이고 저도 상어 밥이 되고 말 거예요. 주부께서 정히 그러신다면 제가 이놈의 배를 갈라 간만 꺼내 가는 수밖에 없어요. 자, 비키세요!"

그러자 별주부는 수염을 부들부들 떨면서 소리쳤다.

"이놈 거북아! 너는 어찌 그리 예도 모르고 도도 모르느냐!"

구주사는 별주부의 화난 표정에 한발 물러섰다. 무슨 말로든 맞서보려는데 별주부의 표정이 워낙 굳어 있다.

"당장 그 칼을 치우지 못하겠느냐!"

별주부의 불호령에 엉거주춤 물러선다. 그래도 달린 입이 있으니 말을 하지 않을 수 없는 일이다.

"이깟 토끼 한 마리 잡아 가면서 예를 운운하고 도를 운운하다니, 이야말로 전쟁이 나서 적들이 궁궐까지 쳐들어오는데도 칼을 먼저 뽑을 것인가 창을 먼저 뽑을 것인가 다투고 있는 대신들 꼴 아닌가, 제기랄."

구주사의 빈정거림에 별주부는 뜻밖에도 타이르는 어조를 되찾는다.

"구주사, 너는 하나는 알고 둘은 모르고 있어! 이 우주에서 목숨을 유지하는 동물은 마음이 상하면 그 화가 간에 미쳐 독으로 쌓이게 되는 법. 만일 우리가 이 토끼를 꽁꽁 묶어 가거나 아니면 속이고 데려가서 배를 가르겠다 하면 뒤늦게 속은 걸 알고 갑자기 화가 치밀어 오를 게 아니냐. 그때 토끼 간은 독이 한꺼번에 올라 배를 가르고 떼내어본들 약이 되기는커녕 독 중에서 가장 독한 독이 되고 말 것이야."

"그렇다고 이놈한테 자초지종을 미리 다 설명하면 이놈이 순순히 날 곱게 데려가서 곱게 눕혀서 곱게 배를 가르고 곱게 간을 빼서 용왕님 약으로 잡숫게 하세요, 이럴 거란 말예요?"

"물론 그건 아니지."

"그럼 도대체 뭐예요? 주부님의 그 잘난 예와 도란 게?"

"이분은 길생국의 왕들을 찾아다니며 천하를 다스리는 법을 설파해 길생국을 바르게 통치할 수 있게 일러주시는 훌륭한 논객 아니시냐. 길생국에는 이분에게 가르침을 얻고자 하는 왕이 없어 이분은 불행하게도 이 나라 저 나라 쫓겨다니다시피 하며 살고 있어. 이런 분이라면 우리 용궁에 모셔가서 크게 가르침을 얻을 만하지 않겠느냐. 그러니 이분이 깨어나면 우리 뜻을 말씀드려 모시고 가는 것이 현명한 일이지."

구주사는 별주부의 말이 하도 고상해서 하마터면 옳소 할 뻔했다.

"지금 주부가 한 말은 바로 옛날 사람들이 궤변이라 일컫던 것입니다. 통치하는 가르침을 얻고자 모시고 가는 거지만 가서는 배를 갈라 간을 꺼낼 거라고 미리 양해를 구하겠다니요! 설명을 하면 이놈이 함께 갈 것이고 또 데리고 가서야 배를 가르면 이놈 간에 독도 안 퍼지고 예와 도에 어긋나지도 않는다는 말씀, 이건 예와 도는커녕 정말 잠자던 토끼도 일어났다 뒤로 나자빠질 궤변이 아니고 뭐예요?"

구주사가 기가 막힌다는 듯이 별주부에게 퍼붓고 있는 동안 줄곧 자고 있던 토선생이 몸을 꿈틀거린다. 그러자 별주부는 쉿, 하며 입을 막는 시늉을 한다.

"토선생, 이보시오! 이제 정신이 좀 드시오?"

토선생은 한참 만에 기지개를 켜며 일어나다 머리에 손을 짚는다. 축제 광장에서 산호랑이를 피해 도망쳐 올 때 여기저기 부딪친 몸이 쑤셔온 탓이다. 토선생이 둘러보니 자신이 살던 산중에서 멀지 않은 곳 같은데 눈앞에 이상하게 생긴 것들이 자신을 보고 있으니 도무지 영문을 알 수 없다.

"이게 어찌된 일이오?"

그러자 별주부가 이내 토선생 앞에 무릎을 꿇으며 울먹이기 시작했다.

"아, 토선생! 어찌 이제 일어나시는 겝니까? 토선생, 토선생…… 흑흑흑……"

"아니, 대체 뉘신데 이러시는 게요?"

토선생은 몸을 이리저리 놀려보면서 눈을 둥그렇게 뜬다. 별주부의 갑작스런 오열에 구주사가 어리벙벙하게 섰다가 어쩔 수 없이 같이 무릎을 꿇고 앉아 흐느끼는 시늉을 한다. 별주부는 정말 무슨 감격이라도 한 듯 울음을 멈추지 않았다.

답답해진 구주사가 쭈뼛쭈뼛하다가 나선다.

"토공! 우리 별주부 나리께서 토공께서 행여 잘못 되실까 봐 노심초사하며 애태우시느라 침식도 잊으시고 토공을 밤새 지켜보시다가 이제 토공께서 이렇듯 눈을 뜨고 깨어나시니 그만 반가운 마음에 울음을 터뜨리시는 것입니다."

"하, 그것 참. 내가 잘못 되면 죽기밖에 더 하겠소. 그대들이 나 죽는 걸 그리 안타까워할 게 뭐 있겠소. 행여 예와 도를 아는 이라면 죽은 나를 땅에 묻고 절이나 두 번 해서 황천길 가는 내 넋이 외롭지 않게 달래주고 가시면 될 것을!"

토선생은 짐짓 별것 아닌 척하고 의연한 티를 낸다. 실은 토선생에게 이런 시늉은 식은 죽 먹기 같은 거다.

그게 아니꼬운 구주사가 킁 하고 코를 풀어본다.

"귀하신 분이 무슨 그런 섭섭할 말씀을! 우리 별주부님이 토공을 살려낸 일을 말씀드리면 토공께서는 차마 그런 말씀을 하지 못할 것입니다."

"어허, 내가 뭐 그리 대단한 일을 했다고!"

별주부도 슬쩍 뒤로 빼는 시늉을 하고는 다시 토끼 앞에 고개를 숙인다.

"토선생! 이제 살아나셨으니 우선 저희가 준비해온 약물로 요기를 하시고 어서 저희와 함께 길을 떠나십시다. 여봐라, 거기 아무도 없느냐!"

별주부가 소리를 지르자 밖에 대기하고 있던 자라 대원 몇이 항아리를 밀고 들어와 물 한 바가지를 퍼올린다. 바다에서 올 때부터 별주부 일행이 먹은 바닷물로 토선생에게는 짭쪼름한 맛이 특별하다.

"어, 물맛 한번 기이하구나!"

한 잔을 들이켠 토선생은 길게 트림을 한 번 하고는 다시 물을 마셨다. 별주부가 눈치를 주니 수하들이 음식을 담은 그릇을 내민다. 작고 동그란 초록 떡 위에 은빛 가루가 얹혀진 거다.

"미역하고 다시마를 빻아 말린 가루를 뭉쳐 만든 떡입니다. 그위에 얹은 은빛 고명은 은대구 비늘에서 낸 가루입니다."

별주부의 설명에 얼른 한입 먹고 보니 절로 또 손이 간다. 염치불구하고 세 개를 거푸 집어 먹은 토선생이 물을 한 모금 마시고나서야 다시 점잔을 빼본다.

"자, 대체 그대들은 뉘시며, 어찌하여 내가 그대들 앞에 이러고있는지, 또한 그대들이 나를 데리고 어디로 가려는지 한번 말씀해보시오."

별주부는 구주사를 비롯해서 밖에 대기하고 있던 자라와 거북과 방게 무리의 대표들을 불러 토선생한테 인사를 시켰다.

"우리는 저 먼 바다에서 토선생을 뵙고자 찾아온 바닷속 용궁에서 온 물생들이오. 우리는 토선생을 뵈려는 일념으로 토선생이 사시는 나라에 왔소. 와서 보니 토선생이 다른 나라를 주유하시다가 돌아왔으나 행적이 묘연하다는 걸 알고 낙담하고 있었소. 그러던 차에 토선생을 따르던 제자들이 축제 광장에 몰려가는 것을 보고는 얼른 뒤따라갔다가 마침내 토선생을 뵙게 됐습니다."

토선생은 인사를 나누며 슬그머니 떡에다 손을 뻗다가 그만둔다.

"내 목숨은 별거 아니나 그대들이 어제 날 구해준 것은 하늘의 뜻이라 하지 않을 수 없소. 내 신분은 비록 비루하지만 은혜는 갚아야 하니 그대들이 원하는 게 무엇인지 얘기해주시오."

이제 제대로 말할 수 있는 기회가 왔다. 별주부는 이 기회를 놓칠 수 없었다.

"이 우주에는 하늘이 있고 땅이 있고 바다가 있으며 그 사이 빈 허공이 있습니다. 하늘은 하늘대로 육지는 육지대로 바다는 바다대로 각기 살아가는 생물이 다르고 그 운행하는 이치가 다르고 또한 풍습이 다릅니다. 하늘은 해와 달 그리고 수많은 별들의 세계가 있고 그 세계 안에 각기 작은 나라가 있습니다. 육지 또한 크게는 길짐승이 사는 길생국과 민숭이들이 주인이 된 얼생국, 그리고 나비와 벌과 새가 날아다니는 날생국이 있지요."

"그렇지요, 그렇지요."

맞장구를 쳐주지만 토선생은 뻔한 얘기를 왜 하나 싶어 하품을 늘어지게 한다.

"바다는 이와 좀 다릅니다. 바다는 넓고도 깊어 누구도 넓이와 깊이를 잴 수 없는데, 다만 바다 전체가 네 개 또는 여덟 개, 또는 육십네 개로 구획져 있다고 합니다. 그 각 구획을 다스리는 분이 바로 용왕입니다. 용왕이 다스리는 나라에는 육지 가까이 있는 가생국과 멀고 깊은 바다에 있는 심생국이 있어요. 용왕은 심생국 중에서 가장 깊은 곳에 삽니다."

자기 말은 잘해도 남의 말이 장황해지는 건 지루해 견디지 못하는 토선생이다. 별주부는 그걸 모르고 뭔가 자꾸 진지해지고 있는 듯하다. 속이 타는 건 구주사다. 이러다가 토끼 간이 필요해서 데리고 가려는 거라고 진짜 발설이라도 되지 않을까 노심초사다.

"바다에 사는 뭇 생명들을 일컬어 물생이라 하는바, 저로 말할 것 같으면 이 길생국에서 가까운 바다의 용왕님으로부터 특별히 토선생을 모셔 오라는 명을 받고 이렇게 찾아왔습니다."

별주부의 말이 끝나기 무섭게 구주사가 말머리를 돌린다.

"별주부님으로 말씀드리면 직급이 비록 말단에 불과하지만 용기와 지략이 뛰어나 크게 발탁된 인물로 용왕님께서 특별히 아끼시는 분입니다. 한데 지난 수십 년 오염이 심해 바다에 사는 물생들의 피해가 크고 민심이 흉흉하여 이를 타개할 인재가 부족한바 용왕님이 특명을 내려 가까운 길생국에 계신 토공을 모시고 오라는 분부를 받들게 되었습니다. 여기 와서 보니 과연 소문대로 토공의 뜻이 크고 원대하고 하시는 말마다 옳고 간곡하여 나라를 다스리는 통치술에 큰 도움이 될 만한 것인데 육생계에서 나라를 다스리는 왕들은 그걸 자신을 비방하는 소리로 알아듣고 토공을 내치기만 하고 있음을 알게 되었습니다. 우리 용왕께서 토공 같은 인재를 얻으시면 천군만마를 얻은 기쁨을 어쩌지 못해 바로 후한 상금을 내리시고 벼슬도 대작 위의 자리를 주어 평생 큰 뜻을 펼칠 수 있게 해주실 것입니다."

별주부가 눈짓을 주어 구주사를 누그러뜨리고는 말을 이었다.

"우리 용궁은 바다 깊은 데 있지만 그 안에 땅도 있고 하늘도 있습니다. 토선생 같은 길생도 능히 살아갈 수 있습니다. 토선생처럼 청렴과 빈한을 최상의 가치로 아시는 분께는 외람되지만 그곳은 평생 먹을 것 입을 것 놀 것 걱정이 없는 곳이지요. 다니고 싶은 곳이 어디든 만나고 싶은 물생이 누구든 먹고 싶은 것이 뭐든 원하는 대로 다 해드릴 수 있어요."

토끼는 다시 한 번 거드름을 피우듯 하품을 길게 했다.

"역시 세상은 오래 살다 볼 일이군. 내가 이 육생계의 크고 작은 길생국을 다니면서 여러 국왕을 만나 나라 다스리는 법을 간한바, 나를 극진히 받드느라 주지육림에 빠뜨리려는 왕은 봤으되 내가 하는 말을 귀담아 듣고 그대로 따르려는 왕을 보지는 못했소. 이 길생국 산호랑이 왕은 그중에도 하도 포악해서 그동안 내 뜻을 전할 길이 없어 이번 축제 때 아예 가면을 쓰고 나선 것이었소. 하하하, 그대들의 도움이 없으면 난 지금쯤 그놈한테 육신이 갈기갈기 찢기고 영혼은 황천길로 가고 있는 중이었을 게 아니겠소. 그대들이 나를 찾아왔다가 내 목숨까지 구했으니 나도 제대로 보답을 하고 싶소만."

보답을 하고 싶다는 자의 어투라고는 할 수 없다. 하지만 토선생의 귀가 이미 환하게 열렸다는 사실이 분명했다. 별주부는 그 귀에 들어갈 달콤한 말을 또 늘어놓는다.

"이 세상의 목숨 가진 이들은 모두 한번 죽고 나면 그뿐이지요. 하지만 가진 목숨 제대로 쓰고 죽어야 하지 않겠습니까? 토선생의 그 큰 뜻, 크게 한번 펼칠 세상으로 갑시다! 저는 일개 주부에 불과하나 토선생 같은 분이 세상 위해 멋지게 뜻을 펼치는 걸 돕는 걸로 태어난 값을 치르고 싶습니다! 어서 가시지요."

그때 밖에서 웅성거리는 소리가 들려온다. 자라·거북·방게의 말이 두서없이 뒤섞인다. 구주사가 상을 찌푸리며 나가고 별주부도 따라나서면서 토선생에게 안심하고 준비하라는 듯 고개를 끄덕거려 보인다.

— 이거 내가 어쩌다가 이런 처지가 됐지?

토선생은 자리에서 일어나 한쪽 구석에서 그윽히 눈을 감고 오줌을 눈다. 몸을 가볍게 떨고 돌아서는데 갑자기 발끝이 따끔거렸다.

"아니, 이거 누구지?"

토끼의 발 아래 웅크린 조그만 육생을 보고 깜짝 놀랐다.

"저를 잊지 않았겠지요?"

몸집이 작은 생쥐다.

"너는 얼생국으로 간 생쥐가 아니냐? 네가 무슨 일로 이 길생국으로 되돌아왔느냐?"

토끼굴을 드나들던 들쥐 무리들 중에서 늘 먹을 게 없다고 투덜거리길 잘하더니 어느 날 일가를 이끌고 얼생국으로 떠난 생쥐 무리 중 하나였다.

"얼생국에 가서 살다 보니 먹을 게 참 많더라구요. 그런데, 얼생국에서 주인 행세를 하는 민숭이 무리들이 우리를 몰아내려고 갖은 수작을 다 부리는 통에 참을 수가 있어야지요. 그래서 우리 족장께서 다시 이 길생국에 돌아가 살 수 있을지 살펴보라고 해서 찾아왔어요. 한데 여기 와보니 그놈의 산호랑이란 놈이 왕 노릇도 제대로 못 하면서 길생들을 뜯어먹기만 하고 있네요. 우리가 여기 살 때는 이 정도는 아니었던 것 같은데."

생쥐가 혀를 끌끌 차자 토선생은 공연히 부아가 치민다.

"네놈은 여기가 싫어 떠났으면 그만이지 무엇 하러 다시 와서 기웃거리는 거냐? 썩 돌아가거라. 여기도 먹을 게 없어서 난린데 너 줄 것이 남아 있지 않다."

생쥐는 토선생의 말을 듣는 둥 마는 둥하다가 불쑥 말했다.

"내가 구석에서 듣자 하니 바닷속 용궁으로 가신다구요? 흥, 제가 언젠가 바다에 빠졌다가 마침 고래 등에 떨어져 용케 살아 돌아온 적이 있는데 그때 들은 말이 바다에 용왕이라는 임금이 있는데 그 임금이 물생들 잘 살게 하는 데는 관심이 없고 오직 자기가 편하게 오래 사는 것에만 신경을 쓴다고 들었어요. 모르긴 해도 지금 토선생님을 데려가는 저녀석들도 무슨 꿍꿍잇속이 있을 거예요."

생쥐의 말을 들은 토선생의 입에서 절로 끙, 하고 신음 소리가 났다.

"그 먼 데서 내 가르침이 필요하다고 온 친구들이다. 쓸데없는 소리 더 하지 말고 어서 돌아가거라. 여기 얼씬거리다가 살쾡이나 오소리한테 걸리면 단번에 잡아먹히고 말 거다."

"좌우지간 제 말을 명심하고 용궁으로 가더라도 정신을 바짝 차리는 게 좋을 겝니다."

밖에서 별주부와 구주사가 들어오는 소리에 생쥐는 얼른 구석으로 숨으면서 별주부 앞에 놓인 남은 떡 두 개를 뺏다시피 하며 가져간다. 요 녀석! 하고 토선생이 쏘아보다가 이내 눈길을 거두었다.

"토선생! 어서 떠나십시다! 산호랑이란 놈이 어제 토선생한테 창피를 당하고는 단단히 벼르고 있다가 마침내 찾아 나선 모양입니다. 서두르시지요!"

별주부가 이제는 당연하다는 듯이 재촉한다. 토선생이 또 뭐라고 거드름을 피워보려는데 구주사가 토선생을 번쩍 들어 안고 성큼성큼 걸어나갔다.

"토승! 저희가 아주 편하게 모실 테니 안심하십시오."

구주사는 밖에 대기하고 있던 거북의 등에 토선생을 가뿐하게 얹어놓는다.

별주부가 황급히 토선생 앞으로 따라나갔다.

"이런, 이런! 토선생, 놀라셨겠지요? 결례가 많습니다. 우리 구주사가 토선생이 장차 용궁과 이 길생국으로 오고 갈 때 거북 등 타고 가는 방도를 알려드리려 한 것이오니 노여워하지 마시기 바랍니다."

크고 넓적한 거북 등 위에 앉은 토선생도 더는 어쩌지 못하고 눈을 꾹 감고 만다.

넷째 마당

이제 가면 언제 오시나요?

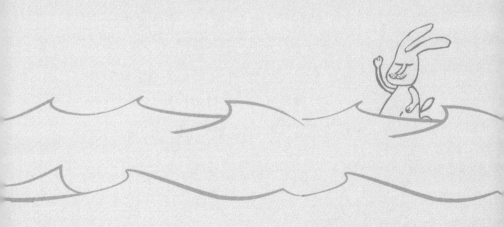

눈앞이 바다다.

산호랑이 일행이 가까이 와 있다는 말에 정신없이 달려왔다. 거북 등이 편하기는 했지만 뜀박질로 단련된 토선생은 자기도 모르게 거북 등에서 내려와 토끼뜀을 뛰었다. 그러자 별주부와 구주사는 행여라도 토선생이 옆길로 새지는 않을까 전전긍긍하며 뒤를 따라야 했다. 울퉁불퉁한 바윗길을 헤쳐 올 때는 방게들한테 토선생을 업고 달리게 했다. 흙길을 뛸 때는 자라와 거북 들이 양 옆에서 하나둘 구령을 맞춰가며 토선생의 걸음에 기운을 돋우어주었다.

"토선생을 지켜야지."

"토선생부터 먼저 가시게 해라."

"토선생은 어디 계시냐?"

"토선생, 이리 오시오."

별주부와 구주사는 토선생 챙기기에 여념이 없었다. 실은 토선생으로서는 답답해서 미칠 뻔했다. 거북이나 자라는 물론이고 게들이 뛰는 데는 도무지 장단을 맞출 수가 없었다.

— 도대체 이자들을 따라 바다 깊은 용궁까지 어떻게 간단 말인가!

도망치는 내내 이런 잡념에 시달릴 정도였다.

어쨌든 웬만큼 추격자들을 따돌렸으려니 했다. 바다 가까이 오면서 코끝으로 짠내가 풍기자 얼마간 마음이 놓였다.

바다가 내려다보이는 둔덕에 섰다. 발 아래로 모래펄이 펼쳐지고 그 끝에 바다가 넘실대고 있다. 토선생의 양 옆에서 별주부와 구주사는 숨고르기를 한다. 토선생도 씩씩거리면서 바다를 굽어본다. 허연 파도가 몰아쳤다 물러서는 모양이 장관이다. 거칠게 달려오는 듯했다가 뒤로 밀려가는 물의 운행은 언제 봐도 신비롭다.

"바다는 넘쳐도 육지를 덮을 일이 없고 육지는 깎여 내려가도 바다를 메울 일이 없도다!"

토선생이 뜬금없이 내뱉는 말에 별주부도 지지 않고 맞선다.

"바다는 육지를 깎아내리고 육지는 바다에 젖으면서 서로 음양의 조화를 맞추는 것, 이게 해와 달과 땅이 서로 부딪치지 않고 운행하는 원리이지요."

이 상황에 또 무슨 선문답인가 싶어 구주사는 눈을 껌뻑거리며 둘을 번갈아 봤다. 별주부가 토선생이 딴소리를 할까 봐 마음을 단단히 쓰고 있는 게 역력하다. 그러고 보니 토선생이 거센 파도를 보고 겁을 먹고 있는 듯도 했다. 구주사는 조바심이 나서 언성을 높이고 만다.

"토공! 저 푸른 바닷속에 토선생의 꿈을 펼쳐나갈 놀라운 신세계가 기다리고 있답니다! 어서 가십시다!"

그러자 토선생이 낯빛이 노래지며 고개를 절레절레 흔든다.

"나는 믿지 못하겠소."

"여기까지 와서 못 믿으시겠다니 무슨 말씀이시오?"

구주사는 토선생을 때려 실신이라도 시킬 뜻을 애써 감추고 있다.

"내가 믿지 못하는 것은 그대들의 말이 아니라 나 자신이오."

"구주사는 물러나 있게. 곧 토선생을 모시고 바닷속으로 들어가야 하니 용수레를 꾸리고 대원들을 잘 다독이도록 하게."

별주부가 다시 나서서 구주사를 둔덕 아래로 내려보낸 다음 토선생의 표정을 살핀다.

"토선생! 겁내실 것 없습니다. 지금 눈에 보이는 바다에는 파도가 넘치고 있으나 저 속 깊은 곳은 잔잔한 호수와 같답니다. 그곳에는 여린 짐승을 사시사철 부려먹고 제맘대로 잡아먹는 산호랑이도 없고 눈앞에서 아부하고 눈에서 벗어나면 서로들 산호랑이 행세를 하느라 서로 치고박고 싸운다는 늑대나 여우 같은 무리도 없지요."

토선생은 크게 숨을 들이켜 바다 냄새를 맡아본다. 짠내 속에 깃든 신선함까지 잘 느껴져 온다.

"별주부! 내가 나를 믿지 못하겠다는 말은 그 뜻이 아니오. 내 눈앞에 지금 바다가 있소. 별주부 말씀대로 저 바다는 겉은 거칠지만 속은 호수같이 잔잔합니다. 누구나 겉과 속이 있으니 겉을 알고 속을 알지 못하거나 속을 짐작하느라 겉을 도외시하면 상대를 제대로 아는 게 아니지요. 내가 그런 이치를 모르지 않음에도 그동안 나는 길생국 여러 곳을 다니면서 그 어떤 통치자도 제대로 알아내지 못했소. 내가 그들의 마음을 제대로 읽지 못했으니 그들의 마음을 움직여 세상을 바꾸는 건 당초 시작도 되지 못한 것이오. 모든 게 내가 그들 통치자를 제대로 모르고 섣불리 다가가 공연히 살육만 일으키고 만 꼴이오. 한데 지금 길생국도 모자라 물생계를 다스리는 용궁에 가서 용왕님의 통치를 돕고자 하고 있소. 과연 이것이 가당키나 한 일이겠소?"

아는 체하는 무리는 예나 지금이나 이래서 문제다. 이미 결정된 일이고 이제 약속한 세상으로 가기만 하면 되는데 떠날 길 앞에서 또 회의에 빠졌다. 용궁해의 한 변방에서 청소하는 일을 업으로 삼고 살아오면서 용궁에서 내려온 관원들을 꽤 많이 대하며 무던히도 인내심을 길러온 별주부지만 이번 일은 역시 차원이 다르다. 참고 또 참아야 했다. 게다가 이건 단순한 인내가 아니다. 제 능력을 믿고 쉽게 유혹을 당해 이제 곧 배가 갈리고 간을 빼주고 죽어야 하는 자에 대한 죄책감까지 오롯이 견뎌야 하는 거다.

별주부는 끝끝내 상냥한 어조를 유지한다.

"용왕님께서는 일찍이 세상의 이치를 제대로 깨달은 이들에게 가르침을 받아 물생계를 잘 다스리고 싶어 하시는데 용궁을 드나드는 벼슬아치들은 보고 들은 것이 없어 그저 용왕님이 하자는 대로 할 뿐 다른 좋은 뜻을 밝히지 못하고 있습니다. 그러니 바다에 사는 자잘한 물생들이 나날이 헐벗고 굶주리는 것을 구제할 방도를 찾지 못할밖에요. 생각이 많고 견문이 넓으신 토선생이야말로 이러한 방도를 찾아낼 수 있는 가장 마땅한 분이라 생각합니다."

토선생은 정말 마음이 심란한지 입을 꽉 다물고 있다. 별주부는 어쩔 수 없이 어조를 바꿔볼 수밖에 없다.

"토선생 같은 분이시면 지금 바로 용궁을 들어가는 길에 우리 물생들이 사는 모양을 슬쩍 보기만 해도 우리 물생계가 어떻게 돌아가는지 단번에 깨우치실 겁니다. 보신 대로 느끼신 대로 말씀해주시기만 하면 토선생은 이 육지에 살면서 한 번도 누린 적 없는 호강을 누리실 수 있습니다. 어서 가시지요."

별주부의 재촉에 토선생의 얼굴이 조금씩 환해지고 있다. 고개를 끄덕끄덕하던 토선생은 천천히 입을 열었다.

"이것 한 가지는 알아두시오. 내가 이 길생국을 두고 굳이 용왕이 다스린다는 물생계로 들어가려는 것은 특별한 호강을 바라서

가 아니오. 내 바라는 건 오직 한 나라를 바로 세워 그 나라 백성들이 즐겁게 일하고 기쁘게 쓸 수 있게 되는 것뿐. 내 단 한 가지 소원은 이 우주에서 그런 나라를 보고 죽는 것! 나는 영예나 지위 따위 다 필요없소. 내게는 내 좁은 뱃속을 채울 양식과 내 작은 몸 눕힐 잠자리만 있으면 족할 뿐!"

말을 마친 토선생은 짐짓 뒷짐을 지고 눈을 지그시 감아보인다.

"가르침이 큰 어른은 재물을 탐내는 법이 없다더니 역시 토선생이야말로 그런 분이시군요. 제가 토선생을 모시고 가는 대로 용왕님께 말씀을 드려서 훌륭한 지혜를 주시되 지위도 재물도 바라지 않는 분이라고 말씀을 드리겠습니다."

별주부의 말을 듣는 순간 토선생은 끙, 하고 신음 소리를 냈다. 그걸 곧이곧대로 믿어버리다니! 한평생 고생만 하고 살았는데 이제껏 한 번도 살아본 적이 없는 용궁에까지 가서 해줄 것 실컷 해주고 여전히 빈한하게 산다면 거기 가야 할 까닭이 없지 않은가.

토선생의 표정이 일그러진 것을 본 별주부가 그제서야 허허, 하고 얼굴에 웃음을 담았다.

"허허허, 우리 용궁은 나라에 좋은 일을 한 신하는 그냥 둔 예가 없어요. 그 옛날 날카로운 이빨을 가진 상어 떼가 반란을 일으켜 용궁해까지 침범해 왔을 때 용궁의 문지기이던 문어 떼가 있는 힘껏 먹물을 뿜어 상어 떼의 시야를 가려 모조리 격퇴시켰지요. 그때 살아남은 문어의 후손들은 지금까지 호의호식하며 잘 살고 있어요. 또한 어느 옛날 용왕님이 먼 외방에 시찰을 나갔다가 돌아오는 길에 독초에 잘못 걸려 다리 하나를 잘라버려야 할 위기에 처했습니다. 그때 오징어 떼와 갈치 떼가 지나고 있었는데 용왕님이 처한 위기를 보고 오징어는 용왕님 다리를 친친 감아 피를 통하지 않게 하고 갈치는 상처에 혀를 꽂아 독을 뽑아 올렸습니다. 지금도 오징어 중에 다리가 열이 아니고 여덟인 오징어들이 간혹 보이는 것은 그때 다리 감기를 하다 제 다리가 상한 오징어의 후손들입니다. 또한 그때 입으로 독을 뽑아 올린 갈치는 지금 죽고 없지만 그 후손 중에 입이 뭉툭한 갈치가 대를 이어 용왕 곁을 지키고 있어요. 충성스런 오징어와 갈치의 집안 또한 용왕님의 배려로 자손대대로 태평하게 살 수 있게 됐지요."

토선생은 어느새 버릇처럼 별주부가 말하는 동안 제자리에서 깡충깡충 뛰면서 자신이 들어갈 바다 저편을 살펴보고 있다. 별주부는 자신의 인내심 깊은 설득이 주효한 듯해서 내심 쾌재를 불렀다. 그러나 끝까지 토선생 곁에 서서 함께 바다 쪽을 내려다봤다.

"저길 보시지요."

별주부 일행이 토선생을 데리고 귀환한다는 소식을 접한 가생국 마을에서 방게들이 영접을 나왔다가 이쪽을 알아보고 얼싸안고 좋아들 하는 모습이 내려다보였다. 먼저 내려가 있던 방게들이 바위 위에 선 별주부 일행을 향해 손을 흔들어 보였다.

별주부가 구주사에게 눈을 찡긋했다. 구주사가 신호를 보내자 방게들이 서로 다리를 묶어 바위에서 바다로 내려가는 대롱을 만들었다. 자라와 거북 몇이 그 대롱에 몸을 실어 먼저 아래로 내려간다. 아래에서 대롱을 잡아 안전하게 한 뒤 다시 남은 자라와 거북 들이 내려오기 편하게 했다. 그다음이 토선생 차례다. 머뭇거리는 토선생의 양팔을 별주부와 구주사가 양쪽에서 잡아준다. 토끼의 몸이 가볍게 들렸다. 셋은 한몸처럼 대롱을 타고 미끄러져 내려갔다.

다음은 연습한 대로 용수레가 만들어진다. 먼저 한가운데 자라와 거북 들이 겹을 이루어 방을 만든다. 그것을 방게들이 몸을 엮어 에워싸자 둥근 태양 같은 수레 모양이 된다. 앞머리에 앉은 방게 둘이 모양을 만드니 그게 용을 닮았다.

"자, 이제 오르시지요."

별주부가 손을 내밀어 토선생을 인도한다.

별주부가 내민 손을 잡으려 하던 토선생은 잠시 몸을 돌려 뒤를 돌아본다. 미우나 고우나 자신이 살던 고향산천이다. 산이 있고 들이 있고 풀이 있고 나무가 있는 곳이다. 부모형제가 있던 고향이며 뜻을 펼칠 나라를 찾아 여기저기 떠돌아다니며 만난 여러 제자들을 이제 떠나야 한다.

"자, 가십시다! 이제 제 목숨은 별주부님에게 맡겼습니다!"

토선생이 별주부의 손을 잡고 용수레에 오르려는 순간이었다. 멀지 않은 곳에서 무슨 통곡 소리 같은 게 들려왔다.

"토승님! 토승님!"

바닷가의 방풍림 뒤에 젊은 토끼 하나가 튀어나오고 있다.

"아, 너는 토정이 아니냐!"

토선생 입에서 절로 탄성이 터져 나왔다. 그 탄성이 미처 끝나기도 전에 더 놀라운 광경이 벌어진다. 방풍림 쪽에서 걸어나오고 있는 게 토정만이 아닌 것이다. 토정 뒤로 족히 쉰은 되어 보이는 토끼들이 줄지어 딸려 나오고 있다. 축제 광장에서 얼룩말 행색을 하고 있던 토끼 무리들이다. 하나같이 지친 몸에 해진 옷이다.

"아니, 너희들! 대체 이게 어찌된 일이냐?"

토정을 비롯한 토끼들은 대답도 하지 않고 한바탕 통곡부터 늘어놓는다.

"아이구, 스승님! 저희를 남겨두고 어디를 헤매고 계셨습니까?"

"스승님, 이제라도 이렇게 만나뵈오니 저희는 죽어도 여한은 없겠습니다."

"스승님이 저희를 떠난 뒤, 저희는 폭풍 맞은 뗏목이 되어 떠돌다가 뒤늦게 정신을 차리고 스승님이 다니실 만한 곳을 찾아다녔습니다.

"우리는 스승님이 필시 이 나라 왕을 찾아갈 것이라는 걸 알고 산중의 왕궁 근처를 배회하다가 순라꾼들한테 쫓겨 몰살당할 뻔했습니다."

"스승님, 이제 우리는 스승님 곁을 한 걸음도 떠나 있지 않을 겁니다."

토끼 무리의 선두에 선 청년들이 모두 한마디씩 했다.

"토정아, 이게 어찌된 일이냐? 너희들이 어쩌다 마을을 떠나 이리 몰려다니는 신세가 됐느냐?"

토선생으로서는 전혀 예상치 못한 일이라 당황스러울 수밖에 없다. 토정이 울먹이며 말하고 있다.

"토승님께서 우리 마을을 떠나신 뒤 어른들이 마을을 다스리는 일로 서로 다투다 마을 전체가 사분오열되고 말았습니다. 그제서야 마을 사람들 입에서 토승님만이 마을을 구할 분이라고 찾아 나선다 어쩐다 말들이 많았습니다. 제가 토승님을 찾겠다고 나서니 토승님께 조금이라도 가르침을 받은 이들이 모두 함께 뒤를 따른 것입니다."

"이걸 장하다 해야 할지 어리석다 해야 할지 모르겠구나!"

토선생은 탄식만 할 뿐 선뜻 해야 할 바를 찾지 못한다.

"우리는 이 나라 축제 때 하마 가면을 쓴 한 토승님의 발언을 들으며 또 한 번 감동했습니다. 과연 우리에게 가르침을 주시던 그 스승님이다! 우리가 얼마나 환호했는지 아실지요? 그날 산호랑이 그자가 화가 머리끝까지 나서 포효하는 데다 늑대며 여우들까지 설치는 통에 우리 모두 잡아먹히는 줄 알고 죽을 듯이 달아나다가 뒤늦게 정신을 차리고 토승님의 흔적을 찾아 나선 길이었습니다. 다행히 여기서 토승님을 뵈었으니 이건 운명입니다. 이제 우리는 토승님 곁을 떠나지 않겠습니다."

토끼들의 근황을 듣고 난 별주부는 혀를 끌끌 찼다. 그러나 구주사가 얼른 소리쳤다.

"어서 길을 비켜라! 토선생께서는 우리와 함께 저 바닷속 용궁으로 떠나셔야 한다. 어린 너희들이 따라올 곳이 아니니 어서 물러가거라!"

구주사의 소리가 그동안 이리 몰리고 저리 쫓기던 토끼들을 자극했다.

"아니, 댁들은 누구시기에 우리 스승님을 영문 모를 곳으로 데리고 가려 하시오? 달이 있는 하늘이면 모를까 저 속을 알 수 없는 바다라니!"

토정이 정색을 하고 나섰다.

"듣고 보니 그렇네. 스승님! 축제 때도 말이 돌았는데 육생계가 아닌 이상한 세계에서 온 무리들이 가면을 쓰고 첩자질을 한다고 했습니다. 이놈들이 바로 첩자들일지도 모릅니다. 선생님, 이자들을 따라가셨다가 큰 봉변을 당하실 수 있습니다. 가셔서는 안 됩니다."

토끼 무리 중에 제법 덩치가 큰 장정 하나가 맞장구를 치자 여기저기서 옳거니, 옳거니 하는 소리가 터져 나온다.

"바다에서 온 이상한 괴물들이 우리 스승님을 납치해 가려는 거야!"

"저 이상하게 생긴 수레를 봐! 수상한 놈들이야!"

"스승님, 이 세상에 믿을 데는 더 없습니다. 저희와 함께 있어 주세요!'

"못 가십니다, 스승님!'

토끼 무리들 때문에 별주부 일행이 애써 만들어놓은 용수레가 해체되고 말았다.

"이거 안 되겠구나. 이놈들이 단단히 맛을 봐야 물러설 모양이구나. 얘들아, 어서 이놈들을 쫓아버려라!"

구주사가 명을 내리자 방게들이 집게발을 높이 쳐들고 돌진하는 형세를 취한다. 성질 급한 방게 발에 토끼 하나가 발목이 잡혀 단번에 내동댕이쳐진다. 그러자 화가 난 토끼 하나가 문제의 방게 등에 타고 그 위에서 껑충껑충 뛰어 방게를 납작하게 만들어버렸다.

"아니, 이것들이 정말!"

구주사의 입에서 험한 소리가 내뱉어지면서 자라·거북·방게들이 전투 대열을 만들어 토끼들을 향하게 되었다. 별주부로서는 참으로 뜻하지 않은 위기에 맞닥뜨린 셈이다.

일촉즉발의 위기다. 기껏 산호랑이 일행의 추격을 잘도 피하고 주저하는 토선생을 잘 설득했으니 이제 바닷속에 들어가기만 하면 된다. 그런데 엉뚱하게도 토끼 일행들과 전투를 벌이게 됐으니 참으로 난감한 노릇이 아닐 수 없다.

"멈춰라, 물렀거라!"

별주부가 발을 치켜세우고 대열을 맞춰선 일행 앞으로 몸을 내밀었다. 그러고는 두 팔을 벌려 토끼 일행을 향해 섰다.

"토끼 여러분! 여러분이 존경하고 따르는 우리 토선생께서는 이 땅에서는 물론이고 저 하늘이 찾고 저 바다가 찾는 존귀한 어른입니다. 토선생께서 토끼 마을뿐 아니라 이 나라를 구제하시고자 천하를 주유하셨지만 이 나라는 토선생을 몰라봤습니다. 이제 토선생의 꿈을 마음껏 펼칠 새로운 세계로 가셔야 합니다. 여기서 이러시는 건 여러분이 존경하는 토선생에 대한 예의가 아닙니다. 토선생이 용궁으로 가 큰 뜻을 펼치시게 하는 것이 토선생을 위하는 길임을 아셔야 해요."

별주부의 말에 토선생이 토를 달지 않자 토정이 답답해한다.

"선생님, 이 납작하게 생기신 손님의 말씀이 사실인지요?"

"그게 참, 그러니까, 저 깊은 바닷속 용궁에서 용왕이라는 임금이 나를 귀신같이 알아보고 찾는다 하는구나. 발 없는 말이 천 리를 간다더니, 내 얘기가 바다를 뚫은 듯하구나. 흠흠."

토선생의 말에도 토정 일행이 길을 비킬 기미가 없자 별주부가 다시 나선다.

"여러분은 토선생의 제자이시니 잘 배우고 잘 익혀서 사리분별을 잘 하실 수 있을 것 아닙니까? 영특하신 토선생은 이곳 육생계 길생국에서는 아무도 알아주지 않고 도리어 왕이라는 자에게 쫓겨 죽을 상황에 이르렀어요. 여러분께서 토선생을 따라 함께 모여 있게 되면 그게 산호랑이왕의 귀에 들어가게 되고 결국 산호랑이 왕은 토선생을 찾아 죽이러 올 것입니다. 이게 진정 여러분이 바라는 일인가요?"

별주부의 논리정연한 말이 토끼 일행의 귀에 파고들었다.

"봐라, 길을 비키는 것이 현명하지 않느냐! 어서 길을 비켜라, 여기 있는 게들한테 팔다리 다 잘려나가기 전에!"

다시 나선 구주사를 별주부가 또 한 번 진정시킨다.

"내 약속하리다. 우리 토선생을 바다에 모시고 가서 바다를 화평스런 낙원으로 만든 연후에 여러분들도 그곳에 가서 살 수 있게 데리러 오겠어요."

"그래, 그게 좋겠구나! 용궁의 분들이 이리 나를 간절히 원하니까 그건 그리 어렵지 않아 보이는구나."

별주부에 이어 토선생의 뜻도 그러하니 토끼 일행으로서도 더는 고집을 피우기 어렵게 됐다. 토정은 자기 일행들과 머리를 맞대고 쑤군대본다. 한참 탄식도 해보고 도리질도 해보는 기색이다. 그 사이로 체념하는 빛이 완연해진다.

마침내 토정이 눈물 머금은 낯색으로 돌아본다.

"그럼, 이렇게라도 하게 해주십시오."

"어떻게? 같이 데려가달라고?"

구주사가 토정의 말을 앞질러버렸다. 토정이 머뭇거리며 토선생의 눈치를 본다. 토선생도 어쩔 수 없다는 듯 고개를 절레절레 흔든다.

"스승님께서는 저희에게 가르치시기를, 공부를 할 때나 먼 길을 떠나기 앞서 항상 몸을 깨끗이 씻고 의관을 정제하라 하셨습니다. 한데 스승님의 지금 행색을 보니 산호랑이한테 쫓기고 급히 바다로 가실 채비를 차리시느라 제대로 씻지도 못하시고 의관도 모두 찢겨졌습니다. 바라건대, 저희가 선생님을 반나절 동안이라도 모시고 씻겨드리고 의관을 정제해드릴 수 있게 해주십시오. 저희의 마지막 당부입니다."

"허, 참!"

별주부는 잠시 할 말을 잊는다.

"여기는 바닷가라 토선생을 씻길 물도 없고 또한 의관을 정제할 기구도 없지 않은가! 토선생께서는 차마 말씀하시기 어려우겠으나 내가 보기에 아마도 이렇게 가르치지 않으실까 싶다. 충정은 헤아리겠으나 방책이 없는 일은 제안하지 않음보다 못하도다!"

구주사가 빈정거리자 토선생은 얼굴이 붉으락푸르락해질 뿐 말을 하지 못했다. 토정이 미루어 뜻을 짐작한다는 듯 말을 이었다.

"선생님께서 당신처럼 입을 함부로 놀리는 자를 가장 경계하셨는데 오늘 참고 계시는 것을 뵈오니 선생님이 바다로 가시는 뜻이 우리가 생각하는 것보다 더 심오한 데 있다는 것을 짐작하겠소. 우리가 마을을 떠날 때부터 선생님을 뵈오면 드리고자 한 약초물이 있어서 그걸로 선생님을 씻겨드리고자 함이요, 그사이 선생님의 의관을 저 방풍림의 나뭇가지들을 꺾어 밀고 말리고 해서 깨끗이 다림질을 하고자 함이오.”

구주사가 화를 내려다 그냥 비웃음만 흘리고 토선생은 여전히 난감해한다.

“그거 참. 약초 달인 물이 용궁의 비원에서 나오는 약샘에 비할 것이요 저 소나무 가지가 용궁 세탁청의 돌다리미와 조개가위에 비할 것이요만, 정성이 갸륵하니 마냥 무시할 수는 없겠구나.”

별주부의 말이 떨어지자 토끼 일행은 토선생을 안아다 솔숲 가운데도 모셔놓는다, 토선생의 몸을 씻기는 동안 열두엇이 둘러서서 가리개를 해준다, 벗긴 옷을 꺾은 소나무 가지로 잘게잘게 내리친다 하며 부산을 떨고 있다.

우리 님은 이제 가면 언제 돌아오실까요?
해가 지면 오실까요 달이 뜨면 오실까요?
시절이 수상하여 함께 하지 못하는 한을
언제 돌아와 다시 풀 수 있을까요?
님아 님아 저 물을 건너면 언제 오실까요.
님아 님아 저 물 건너서 다시 오실까요.

음색이 가늘고 청초한 것이 약초 닳인 물로 토선생의 몸을 씻기고 있는 토정의 소리다. 일행이 가리개를 쳐준 안에서 옷을 벗은 토선생을 토정만이 보고 씻기고 있는 거다.

　　내가 읽고 공부한 걸 목숨 걸고 실천하려다
　　뜻은 이룰 길 없고 목숨만 잃을 듯하니
　　내 목숨 살고 내 뜻 이룰 곳 찾아가련다.
　　날 원망 말거라 나는 살아 돌아올 거다.
　　그래 그래 저 물 안에 내 꿈을 이루리.
　　그래 그래 저 물 안에서 내 다시 돌아오리니.

　탁하고 둔하다 어느 순간 간지럽다는 듯이 크크대는 것이 토정
에게 씻김을 당하는 토선생의 소리다. 둘이 무슨 희롱이라도 하는
게 아닐까 싶지만 그걸 엿보거나 할 수는 없는 일이다.

　　여기 평등하고 화평한 세상을 꿈꾸다
　　그 뜻을 펴지 못하고 바다로 가는 이 있네.
　　여기 평등하고 화평한 세상을 꿈꾸다
　　그 뜻을 펴지 못하고 바다로 보내는 이 있네.
　　몸을 씻기고 옷을 다려 보내는 이 있고
　　그 정성 가슴에 새겨 돌아올 이 있네.

　토정과 토선생이 노래하고 토끼 일행이 노래한다. 그 노래는 다

시 방게들과 자라들과 거북들에게도 옮아 바닷가에는 떠나보내고 남는 이들의 노래로 울려퍼진다. 만나면 헤어지게 돼 있는 게 세상의 정리다. 그러나 헤어지고 나서 다시 만날 수 있고 없고는 하늘의 뜻이다. 이들이 헤어져서 다시 만날 수 있으리라고 누가 장담하리. 하지만 또 헤어져 다시 만날 수 있다는 꿈 없다면 그런 삶은 참으로 그저 그런 삶이다.

"자, 이제 가십시다!"

마침내 긴 의식이 끝났다. 토선생은 말쑥한 차림으로 별주부 앞에 섰다. 원래 풍채가 꾀죄죄했으니 기대할 바 없다 싶었는데도 때를 빼고 광을 먹이니 그래도 뽀얀 얼굴에 코끝이 뽀송뽀송하다. 그 코끝에 달빛에 그을려 생겼다는 북두칠성 모양의 점들도 파릇파릇하게 윤을 낸다. 제 꾀를 과신하고 허세가 있다는 건 흠이긴 해도 그래도 이런 길생이면 용궁에서는 눈 씻고 찾아도 없을 위인이다. 이런 길생을 데리고 가서 간을 빼내야 한다는 생각이 들자 마음이 또 무거워지기도 한다.

더 눈물겨운 것은 이런 선생을 믿고 따르겠다고 오랜 세월 찾아다닌 토끼들이다. 별주부 자신도 한때 지역의 어린 물생들을 가르치고 산 적이 있으나 가르침도 깊지 않았고 그리 깊은 속정도 생기지 않았다. 토선생에 대한 신뢰와 연민이 한꺼번에 치솟는다.

둥그런 용수레가 다시 세워지고 마침내 토선생이 그 앞에 섰다. 토끼들은 더 참지 못하고 마구 눈물을 쏟아냈다.

"스승님! 스승님! 꼭 돌아오셔서 저희와 함께 해주세요!"

"자라 어른! 거북 어른! 저희 스승님을 꼭 잘 챙겨주세요!"

"스승님! 부디 잘 다녀오세요!"

토선생도 애써 눈물을 감출 생각도 않는다. 하나하나 손을 잡고 얼굴을 마주친다. 마지막으로 토정을 바라보는 눈빛은 애처로워 봐주지 못할 지경이다. 토정이 토선생의 소매를 뿌리쳤다 잡았다 하는데 별주부로서는 그게 영 잊히지 않을 듯하다.

"자, 어서 갑시다!"

별주부가 출발을 선언을 하는 순간이었다.

별주부 일행이 잠시 전 지나온 언덕 쪽에서 하늘이 찢어지는 듯한 굉음이 일었다. 뒤이어 아득히 비명 소리가 연이어졌다.

"어제 축제 때 화가 난 산호랑이가 달아난 토끼 선생을 잡겠다고 이 마을 저 마을 돌아다니며 횡포를 부리고 있답니다!"

주위를 경계하고 있던 방게들이 돌아와 소리쳤다.

축제 마지막 날, 발언 대결을 지켜보던 산호랑이는 끝내 화를 참지 못하고 본색을 드러내고 말았다. 복면을 쓰고 앉아 있던 여러 길생들이 산호랑이한테 물어뜯겨야 했다. 가면을 벗어젖힌 늑대와 여우 무리들이 산호랑이를 호위하고 나대면서 다른 길생을 마구 살생했다. 그러나 축제 광장의 열기는 무서웠다. 광장의 노랫소리가 산호랑이의 포효를 도리어 압도해버렸다.

"노래하는 놈들을 모두 잡아들여라!"

산호랑이의 명을 받은 용 비늘 철가면 장정들이 쇠사슬을 끌고 광장 한가운데로 들어갔으나 아무도 잡아들이지 못했다. 복면을 쓴 길생들이 어깨동무를 하거나 풀쩍풀쩍 뛰거나 하면서 노래를 부르는데 그걸 건드렸다는 자칫 잘못하면 그 무리들에게 짓밟혀 죽을 것 같은 두려움이 일어서였다. 노랫소리가 줄어들지 않자 산호랑이가 직접 광장으로 나섰다. 노래하는 군중들을 압도할 요량으로 한껏 포효했으나 허사였다. 누구도 놀라지 않았고 물러서지 않았다.

> 파도가 밀려오면 어쩌나 땅이 갈라지면 어쩌나
> 야야야 그런 걱정 따위 저 사슴왕한테 날려 보내고
> 야야야 지금은 야 소리 질러 야 소리 질러 야야야

> 파도가 밀려오면 어쩌나 땅이 갈라지면 어쩌나
> 야야야 그런 걱정 따위 저 산호랑이한테 날려 보내고
> 야야야 지금은 야 소리 질러 야 소리 질러 야야야

군중들이 미친 듯이 외치는 노래는 그날밤 산호랑이를 밤새 괴롭혔다. 말 잘 듣고 세금 잘 내는 길생들이 이제 보니 세상을 뒤엎을 기세였다. 저들이 산호랑이가 사는 궁으로 쳐들어온다면 그대로 당할 것 같은 두려움이 일었다. 산호랑이는 알 수 없는 두려움

에 밤새 술을 마시며 고기를 뜯었다. 화가 나서 미칠 것 같았다. 지금껏 길생들에게 그런 일이 없었다. 어쩌면 그것이 어제 입을 함부로 놀리던 토끼가 뒤에서 조종해서가 아닌가 하는 의심이 들었다. 그렇지 않고서야 그 순한 길생들이 그런 노래를 할 리가 없었다.

"내 이놈 토끼를 잡아 요절을 낼 일이다! 당장 이놈을 잡아오너라!"

정찰에 나선 여우 여럿이 산에서 바다로 내려가는 길목의 어느 숲에서 길생국에서 보지 못하던 무리들이 모여 있는 것을 보았다. 자라와 거북 들을 본 여우들은 몰래 다가가 단번에 덮칠 요량이었는데 커다란 거미처럼 생긴 방게 무리를 보고는 아연실색하고 물러나버렸다. 이번에는 늑대들을 데리고 왔으나 늑대들도 방게 무리를 보고는 감히 접근을 하지 못했다. 산호랑이가 이 사실을 알고 직접 달려왔을 때는 별주부 일행이 이미 바닷가로 떠난 뒤였다.

산호랑이가 온다는 소식에 모두 혼이 달아날 지경이지만 별주부와 구주사는 냉정함을 잃지 않았다. 별주부는 토선생의 손을 잡고 용수레 안으로 들어갔다. 용수레를 에워싸고 있던 자라와 거북 들이 바다로 뛰어들어 파도를 갈랐고 용수레는 그 위로 빠르게 걸어 들어갔다.

"네 이놈들! 거기 섰거라!"

산호랑이의 소리가 바다에 와 닿았다. 그러나 산호랑이는 모래 펄 위에서는 다리를 벌벌 떠는 신세가 된다. 늑대와 여우도 미련한 곰탱이처럼 동작이 느려진다. 옮기는 걸음마다 모래 속에 빠져든다. 뜀박질을 하려 들면 들수록 땅으로 꺼져든다. 한참을 그러던 이들은 토선생 일행이 떠난 자리에 쌓인 커다란 짚더미 하나를 발견한다.

"옳거니! 여기 누군가 숨었구나"

앞에 있던 여우 하나가 짚더미 냄새를 맡다가 뭔가 발견한 듯한 표정을 지었다. 발로 짚더미를 슬쩍 건드리자 그 속에서 어린 토끼가 톡 튀어나온다. 그걸 보고 여우가 깜짝 놀라 물러선다. 어린 토끼는 얼른 산 쪽으로 달아난다.

"잘 헤쳐봐라. 거기 입 큰 토끼 놈이 숨어 있을지 모른다."

산호랑이는 여전히 다리를 제대로 못 가누고 선 채로 명령했다. 늑대 한 마리가 짚더미를 툭 건드리자 그 안에서 또 토끼 하나가 톡 튀어 나와 금세 산 쪽으로 달아나버렸다.

"여봐라! 저 짚더미를 덮쳐라!"

명령이 떨어지자 늑대와 여우들이 짚더미를 한꺼번에 덮쳤다. 그때부터다. 모래펄에서 이상한 냄새가 진동한 것은.

짚더미를 헤집자 그 안에서 누런 거품이 쌓여 있는 게 보였다. 그걸 건드리는 순간 냄새가 퍼져나오기 시작한 거다. 늑대와 여우들이 코를 잡고 기침을 해대기 시작했다. 산호랑이도 별안간 코기침을 마구 해댄다.

"이놈, 이놈들이, 다 어디 갔지?"

"이건 이놈들 똥이잖아!"

"이놈들이 똥을 싸놓고 덮어놓은 거야!"

"똥 위에다 방게란 놈들이 거품을 뿜어놓았어!"

사태를 파악하는 데는 시간이 필요했다. 속은 걸 제대로 알아가는 동안 늑대와 여우 들이 탄성을 질러댔다.

토정이 토선생을 씻기는 동안 자라와 거북 들은 바닷가에서 허물을 벗었다. 다시 바다 깊이 용궁으로 들어가기 전에 몸을 준비하는 과정이었다. 벗긴 허물을 한데 모아 흔적을 쉽게 들키지 않게 하기 위해 방게들이 그 위에 똥을 싸두었다. 이들이 급히 바다로 들어서게 되자 남은 토끼들이 다시 그 위에다 토선생을 씻기기 위해 쓰던 풀더미로 덮어놓은 것이다.

방게들의 똥 냄새를 맡고 고통스러워하는 산호랑이의 귀에 다시 노래가 들려온다.

> 파도가 밀려오면 어쩌나 땅이 갈라지면 어쩌나
> 야야야 그런 걱정 따위 저 산호랑이한테 날려 보내고
> 야야야 지금은 소리 질러 야 소리 질러 야야야

노래가 들려오는 곳을 보니 바다 쪽으로 튀어나온 벼랑 위다.

거기에 토끼들이 모여 있다. 토끼들은 토선생을 떠나보낸 아쉬움을 산호랑이를 곯리는 재미로 달래고 있다.

토끼들이 부르는 그 노랫소리를 들은 다른 길생도 있다. 바로 용수레 안에 들어간 토선생이다. 토선생은 용수레에 들어가는 순간 숨이 막힐 듯했다. 바닷물이 그냥 자기 몸에 들어오는 것 같다.

"아, 추워! 나 못 가겠네, 나 못 가겠네!"

토선생은 발버둥치며 소리지른다. 아무도 대답해주지 않는다.

"나 돌아갈래! 돌아갈래!"

토선생은 숨이 넘어갈 듯이 소리지른다. 이제는 자기가 지른 소리조차 안 들린다. 옆에 앉은 별주부가 토끼 귀의 귓바퀴를 당겨 귓구멍을 막아준 까닭이다. 한참을 그러고 나니 세상이 너무나 고요하다. 토선생은 서서히 그 고요를 즐기고 있는 자신을 발견한다.

내가 우주의 주인이니까

― 비가 오랫동안 오지 않고 있습니다. 바다가 마를까 걱정이옵
니다.

　― 계절이 여러 차례 바뀌는데도 하늘에서 한 방울의 비도 내리
지 않고 있습니다.

　― 육생계가 마르면 이어 물생계가 마르게 됩니다. 어서 비를
내리게 하셔야 합니다.

　― 오래 가물면 육생계에 산불이 잦아지고 그 재가 물생계를 덮
칩니다. 어서 비를 내리게 해주십시오.

　― 놀음 구경하는 일을 그만두시고 제발 비 좀 내리게 해주십시
오.

　이런 말이 자신을 향하고 있다는 걸 용왕은 한참 만에 깨달았
다.

"아, 가만 가만! 그것이 대체 무슨 소리냐!"

용왕은 팔을 휘저어 풍악을 멈추게 했다. 용왕 앞에서 연희를 펼치던 오징어 떼는 갑자기 머리카락을 오므리고 몸을 도사렸다.

"지금 한 말을 다시 해보거라!"

용왕에게 지목된 오징어 하나가 부들부들 떨면서 머리를 조아렸다.

"저희는 그저, 그동안 가생국 물생들이 하는 말을 모아 연극을 꾸몄을 뿐 큰 뜻은 없사옵니다."

"가생국 물생들이라면, 육생계 사정을 잘 아는 자들이니 육생계에 비가 오지 않는다는 말이 틀린 말이 아닐 것이다. 어찌 그런 중차대한 일이 이제 와서 너희들 입에서 나온다는 말이냐?"

"저희 동족들이 가생국에 많이 살고 있는데 근자에 육지에 가뭄에 심하다는 말을 자주 전해 와서 그 내용을 우리가 하는 연극에 넣으면 재미있겠다 싶어서 꾸며 넣은 것입니다."

오징어가 하는 말을 듣던 용왕은 그제서야 사방이 지나치게 조용해진 것을 깨달았다.

용왕은 물생계에 사는 수많은 연희패들을 번갈아 용궁으로 들여 경연을 벌였다. 용궁으로 불려온 연희패들은 군무나 곡예, 합창과 연극으로 용왕을 즐겁게 했다. 연희패들은 자기가 사는 마을에서 벌어지는 일을 가무로 펼쳐 전해주었다. 용왕은 그 얘기를 들으면서 나라 정세를 파악해왔다.

그러나 언젠가부터 연희만 남고 국정은 뒷전이었다. 용왕에게는 연희패가 전하는 물생계 곳곳의 사건들이 모두 재미있는 얘기로만 들렸다. 용왕은 날마다 더 재미있는 연희를 원했다. 매일 새로운 연희패가 용궁으로 불려와 기예를 자랑했다.

그런데 이제 오징어 떼가 펼치는 연희를 보던 용왕이 뒤늦게 이상한 분위기를 느낀 것이다.

"어허, 물생계에 이렇게 중요한 일이 벌어지고 있는데도 이를 고하는 이가 아무도 없었다니!"

용왕은 수염을 부들부들 떨면서 용궁전을 재빨리 한 바퀴 돌았다. 그러자 기둥 뒤에 몸을 감추고 있던 삼대작을 비롯한 당상들이 쏟아져 나오며 모습을 드러냈다. 당상들은 그동안 용왕 앞에 내보이지 못한 숱한 장계를 품고 용왕 주변을 맴돌기 시작했다.

용왕은 당상들이 가까이 다가오지 못하게 손사래를 치고 귀를 막는 시늉을 하며 소리쳤다.

"알았다! 내 잘 알고 있으니 아뢰지 말라! 다만, 가생국에서 온 장계만 펼쳐 보아라."

용왕의 말을 받은 이대작 문어가 앞으로 나섰다. 용왕 앞에 머리를 조아린 문어가 발가락을 몇 차례 까딱거리자 문간 쪽에서 방어 떼가 장계를 한 가득 담은 수레를 밀고 들어왔다.

"폐하, 이것이 모두 가생국에서 온 장계들이온데 이 중에서 육생계에 가뭄이 심해 비를 내리게 해달라는 내용이 천이백삼십 건

이옵니다.”

문어의 뒤를 이은 저대작 조기였다.

“그다음 육생계에서 가까운 바닷물이 녹색 띠를 이루었으니 이를 제거해달라는 내용이 스물두 건이옵니다.”

다음은 고대작 준치였다.

“등이 허옇게 변한 고등어 떼가 이리저리 몰려다녀서 불안하다는 내용이 열두 건, 날치들이 알 수백 만 개를 한꺼번에 도둑맞았다는 내용이…….”

용왕은 삼대작의 입을 틀어막듯이 소리쳤다.

“그만 그만! 도대체 언제부터 비가 내리지 않았다는 말이냐.”

이대작 문어가 용왕전에 머리를 조아리고 있는 오징어들에게 가까이 가서 물어보고 다시 용왕 가까이 다가왔다.

“이미 여러 계절이 지나 육생계의 뭇 풀나무와 육생들의 처지가 말이 아니라고 합니다.”

용왕은 거칠게 머리를 절레절레 흔들었다.

“비가 오지 않으면 육생계의 작물들이 자라지 않고 육생들이 목이 타서 여기저기 죽어 나자빠지는 데 그치지 않을 것이다. 그 피해는 결국 물생계에 미쳐 바다에 미생물이 살지 못하게 되고 이는 곧 온 바다 전체에 죽음을 몰고 올 것이다. 이러한 중차대한 일을 두고 궁중에서 오래 연희만 벌이고 있었으니 이런 불찰이 어디 있더란 말이냐. 이 세상에 하늘과 바다와 땅을 주시고 그 속에 생물을 살게 하신 한울님이 이를 아시기 전에 얼른 기우제를 올려야겠구나!"

용왕은 언제 그랬냐는 듯이 의관을 갖추고 앞장서서 용궁 밖으로 나갔다. 백관들이 그 뒤를 이었고 그동안 궁중에 몰려와 있던 연희패들이 뒤를 따랐으며 또 그 뒤를 어의청·약제청·식료청 관원들이 이었다.

용궁해를 벗어나 심생국을 거쳐 가생국까지 나아갔다. 기우제는 그중에서도 멀리 육지가 내다보이는 섬에서 진행되었다. 용왕은 공중을 향해 두 팔을 벌린 채 끝없이 주문을 외었다. 백관들이 도열해 그 주문을 따라 외는 동안 연희패들은 갖은 동작으로 물결을 일으켰고 식료청 관원들은 음식을 있는 대로 바다에 풀어 지나던 뭇 물생들이 실컷 먹을 수 있게 했다.

사흘이 지나도록 큰 움직임을 보이지 않던 바다가 나흘째 되는 날 마침내 꿈틀거리기 시작했다. 한참 동안 부글부글 끓는 소리를 내던 바다에서 수증기가 하늘로 몰려 올라갔다. 그 하늘에 하나둘 구름이 끼기 시작했다. 크고 작은 구름들이 하늘 이쪽저쪽을 돌아다니더니 드디어 빗물이 쏟아져 내렸다. 육지에 사는 온갖 동물들이 환호성을 지르며 비를 반겼다.

문제가 생긴 것은 용궁으로 돌아오면서 일어났다. 모처럼 용궁해 밖 풍경을 접한 용왕은 끓는 바닷물 속에서 일어나는 신비로운 조화에 취해 그걸 구경하는 재미에 빠져버렸다. 끓는 바닷물이 일으킨 방울방울의 기포들과 그 기포들이 일으킨 흙과 물풀과 그 속에서 춤추는 새우며 멸치며 가자미며 학꽁치며 은어 떼의 군무…… 그것은 지금껏 용궁에서 벌인 어떤 연희패들의 곡예보다 현란했다.

용왕은 용궁에서 벗어난 먼 바다에 나와 제사를 지내고 나면 기력을 크게 잃게 된다. 그렇기 때문에 음식도 많이 준비하고 만일을 대비해 탕약도 준비한다. 그러나 모처럼 용궁 밖을 나간 용왕은 대개 자신의 몸 상태를 잊고 기분에 취해 함부로 몸을 쓰곤 한다. 선대의 용왕도 그랬다. 오랜 장마를 막아보려고 기청제를 올린 선대의 용왕은 날씨가 완전히 갤 때까지 지켜보고 오겠다며 그곳에서 머물며 먹고 놀다 결국 큰 병에 걸려 고생하다 결국 황천길로 갔다.

이번에도 그럴 조짐이 보였다. 끓어오르는 바다 안개 속에서 벌어진 대자연의 향연에 취해 이레를 보낸 용왕은 용궁으로 돌아오자마자 그대로 자리에 드러눕고 말았다. 오한이 나고 설사가 이어졌다. 며칠은 곡기를 끊고 물만 마시며 지냈다. 겨우 몸이 좀 낫다 싶어 음식을 조금씩 입에 대고 헤엄도 많이 쳐보니 기력이 썩 회복됐다. 그러다 배고픈 걸 어쩌지 못해 한 번 과식을 했는데, 그날 밤 그걸 다 토하고 나서부터는 먹는 족족 토하거나 설사였다. 기력이 남아 있을 리 없었다.

용궁은 암울한 분위기에 휩싸였다.

매일같이 흐르는 음악이 멎고 때가 되면 풍겨 나오던 고소한 음식내도 나지 않았다. 약제청에서 부지런히 약을 지어 올렸다. 그중에 그래도 듣는 약이 있었는지 속이 진정되고 음식을 입에 댈 수 있겠거니 한 적도 있었지만 이내 다시 토사곽란이었다.

용왕이 즐기던 연희패들의 경연도 전면 중단되었다. 당연히 국정도 마비 상태였다. 장계는 쌓여갔다. 동쪽 심해에서 상어 떼가 마구잡이로 설치는 바람에 많은 고기들의 씨가 마를 지경이 되었다거나, 어느 지역에서 육지에서 버린 쓰레기들로 녹조가 끼어 자잘한 물고기들이 허옇게 배를 내놓고 죽어가거나, 어느 섬에서 폭발한 화산 분진으로 바다가 뒤덮이거나 하는 그 어떤 소식도 궁중 회의에 부쳐지는 일이 없었다. 궁중은 오직 용왕의 병을 어떻게 고치느냐에만 관심이 있었다.

물론 이런 말을 하는 대신들이 있기는 했다.

"왕이 환후가 깊어 국정에 공백에 생겼으니 당연히 이를 대행할 분을 세워야 하지 않겠소."

"그렇지요. 용왕님의 대를 이를 왕자님이 이미 장성해 자식이 있고 또한 배운 것이 많으며 다년간 변방을 시찰하고 온 덕에 국방에도 식견이 높으니 능히 국정을 대신할 수 있을 것입니다."

"옳은 말씀이나 오래도록 용왕님을 보필해오면서 용왕님의 속마음을 누구보다 잘 이해하고 있는 이대작께서 대리하는 것이 옳다고 봅니다."

그러나 이런 논의는 그저 대신들끼리 주고받는 눈짓에 불과했다.

용왕은 놀다가 피곤해지면 말하곤 했다.

"내가 어쩌다 용왕이 되어서 이리 피곤한 짓을 매일같이 하고 있을꼬."

그러다 게으름병이 도져 자리에 오래 누워 있는 날이 늘어나 대리청정을 하는 게 좋겠다는 말을 하면 또 이렇게 말했다.

"내가 일찍이 어린 나이에 보위에 올라 국정을 살핀 지 반백 년이 넘었으니 나만큼 나라 일을 잘 아는 자가 있겠느냐. 태자가 똑똑하나 경험이 적고 영민한 대신들이 많으나 이 너르디너른 물생계의 많고많은 물생들의 희로애락을 살필 그릇을 지닌 자는 본 적이 없다."

이런 말을 할 때 용왕은 늘 안색이 변했다. 용왕은 물생계를 다스릴 수 있는 존재는 자기밖에 없다고 믿고 있었다. 국정을 누군가에게 대리하게 한다는 건 용왕에게는 참으로 어림없는 수작에 불과했다.

용왕은 조금 힘이 나면 다시 총애하는 몇몇 악공과 가희를 불러 연주와 노래를 하게 했다. 자신도 그 노래를 흥얼흥얼하며 모처럼 기운을 차리기도 했다. 그 노래는 이러했다.

바다가 넓고 크다 하나
내가 없는 바다가 무슨 소용
우주가 넓고 크다 하나
내가 모르는 우주가 무슨 소용

나는 아파서도 안 되고
나는 죽어서도 안 되지
나 없는 사랑은 거짓
나 없는 세상은 암흑

내가 바다의 주인이고
내가 우주의 주인인 것
오직 나만이 바다를 지킬 수 있고
오직 나만이 우주를 헤아릴 수 있는 것

용왕은 얼굴에 저승꽃이 피고 있는 상태에서도 스스로 물러날 뜻도 누군가에게 대리청정을 맡길 뜻도 없었다. 거기에 반기를 들 대신들은 아무도 없었다. 다른 어떤 말은 용서되어도 존엄한 용왕의 자리에 대해서는 가차없었다. 명태가 동태가 돼버리고 다랑어가 참치가 되어 얼음 천국으로 쫓겨나는 건 약과였다. 자칫 잘못하면 그 몸이 포로 떠지고 흙 속에 뿜어놓은 알까지 찾아내져 가루가 되었다. 대신들은 바다 곳곳이 오염되고 있고 법을 어기는 물생들이 판을 치고 있는데도 이걸 막는 데 신경 쓰지 않았다. 관심은 오직 용왕뿐이었다.

어의청 의원들을 비롯해서 용궁 밖에서 용하다 알려진 의원들이 모두 용궁전으로 몰려들어 비방을 내놓았다.

"고래 지느러미의 기름을 짜서 졸여 먹으면 효과가 있을 것입니다."

"다랑어 눈자위를 술에 녹여 드시면 효과가 큽니다."

"말미잘을 으깬 것을 연어 알에 비벼 드시면 매끄럽고 맛도 있어서 목구멍에서 넘어가지 않는 일이 없을 것입니다."

"게살을 푹 쪄서 먹는 게 제일입니다."

처방전을 받은 약제청의 약사들과 식료청의 요리사들은 정신없이 바빠졌다. 그러나 아무 실속이 없었다. 용궁에는 온 바다 세상에서 보내온 효험 좋다는 약들이 넘쳐났고 매일 열이 넘는 의원들이 뽑혀 올라왔다.

그러는 사이 용왕을 비아냥거리는 소리도 스멀스멀 번져갔다.

— 너른 바다 어디에 무슨 일이 있어나는지 알 생각도 하지 않고 맨날 연희다 경연이다 하면서 즐기고 노느라 몸이 이미 허해진 거지.

— 하고 많은 물생들이 이리저리 몰려다니며 죽고 살고 하는 게 바다니까 용왕이 할 일이 뭐가 있겠어. 그냥 이대로 살아도 바다

는 그냥 바다인 거잖아.

　─ 그래도 더 진기한 걸 먹고 더 신비한 기예를 즐기려면 몸이
좋아져야 하잖아.

　용궁을 드나드는 물생들은 물론이고 용궁의 대신들도 모두 그
렇게 수군거릴 판이었다.

그 누가 나설 것인가

용궁은 심생국에서도 더 깊은 용궁해 속에 있으나 먼 데서 봐도 환하게 빛이 난다. 그러나 용궁해로 들어서서 그 빛 가까이로 갈수록 물살이 급해진다. 도처에 소용돌이가 일어 웬만큼 숙달되지 않으면 소용돌이와 급류를 뚫고 용궁으로 다가가기 힘들다. 게다가 용궁해에 속한 여러 종족들의 마을마다 경계가 삼엄하다. 만일 허락받지 않은 물생이 용궁에 들어가려 하다가는 채 닿기도 전에 경계하는 물생들에게 붙잡혀 고초를 겪거나 아니면 급류에 휩쓸려 흔적도 없이 사라져버린다. 당연히 불순한 세력의 접근도 그만큼 어려워진다.

그런데 그런 무서운 해류를 뚫고 삼엄한 수비대를 뚫고 혼자서 용궁 정문에 가 닿은 물생 하나가 있었다. 문지기가 막아서니 행색이 이상해 무슨 물생인지 알 수도 없고 말하는 것도 도무지 무슨 뜻인지 알 수 없었다. 그 정도면 잡아다 그냥 감옥에 처넣기부터 한다 해서 안 될 게 없었다. 한데 횡설수설하는 말 중에 아예 무시하기에 참으로 아쉬운 무언가가 있었다. 수비대장이 그 물생에게 몇 번이나 말을 시켜 정돈한 말이 이러했다.

— 용궁해 근처를 지나는데 이상한 기운이 감돌아 그 기운을 따라 이리 찾아 들어왔으니 내 얘기를 높은 이들한테 전하거라!

수비대장으로부터 기별을 들은 삼대작은 그 기이하게 생긴 물생을 용궁전 안으로 맞아들였다. 물생의 모습이 과연 기이해서 삼대작으로서도 무슨 새로운 말이라도 들어볼 양으로 정중하게 대했다.

"도대체 그대는 누구이기에 혼자서 용궁까지 찾아왔소?"

이대작 문어가 물으니 물생은 얼굴을 가린 백발을 흔들며 대답했다. 역시 발음도 새고 문맥도 안 맞는 말이었지만 가만 들어보니 썩 유식한 티가 났고 어떤 말을 할 때는 신비한 기운이 느껴지기도 했다.

"저는 원래 육지의 강물에서 태어난 연어입니다. 바다로 가서 놀다가 육지로 돌아가는 길에 누군가 길을 잘못 알려주는 바람에 길을 잃었습니다. 그러다 태풍에 떠밀려 이리저리 부딪치다 보니 바다 깊은 데서 몸은 살았는데 그만 눈이 멀었습니다. 그때부터 이것저것 닥치는 대로 먹고 살다 보니 눈에 보이지 않는데도 더 많은 것을 미리 아는 능력이 생겨났습니다. 마침 용궁해 근처를 지나는데 이상한 소리가 나고 이곳에서 희미한 불빛이 보여 괴이쩍게 생각돼 용궁을 찾게 됐습니다. 이제 이 미천한 것이 살 날이 얼마 남지 않았다는 걸 잘 알지만 모르긴 해도 마지막으로 용궁에서 벌어지는 일을 돕고 죽게 될 모양입니다."

"용궁에 무슨 일이 있다고 그리 말하는 게요?"

저대작 조기가 짐짓 눈을 껌뻑껌뻑하면서 물었다.

"그야 대작들께서 더 잘 아실 일이지요."

"용왕님께 무슨 일이 일어난 걸 아시오?"

"용궁 주변의 물살 소리가 이상하니 이는 용왕님의 환후 아니면 나타나는 일이 아닙니다."

고대작 준치의 물음에도 대답은 역시 거침이 없었다. 용왕의 병 얘기를 입에 담는데도 전혀 거리낌이 없는 걸 보면 보통내기가 아닌 게 분명했다.

"행여 입을 잘못 놀리면 목숨을 부지하기 어려울 터!"

"제 목숨도 이제 오래 남지 않았으니 다른 염려 않으셔도 됩니다."

이대작 문어 말에도 가볍게 맞섰다.

삼대작은 눈짓을 주고받아 눈먼 연어를 용왕전을 지나 내전까지 데리고 갔다. 용왕의 손목을 잡고 진맥을 해보던 눈먼 연어는 한참 만에 고개를 끄덕거렸다.

"너무 오래 먹고 마시는 일을 줄이지 않아 내장에 살이 찌고 간이 부어 먹으면 먹을수록 간을 해치게 돼 있습니다. 이를 몸 스스로 알고 몸 안에서 간을 지키고자 절로 음식을 거부하고 있는 것입니다. 용왕께서는 바다에 난 어떤 음식이고 먹어보지 않은 게 없으시니 이제 그 무엇도 받아 넘기기 어렵습니다. 설사 억지로 무엇을 삼킨다 해도 그게 또 간을 더 상하게 하고 맙니다."

말을 마친 눈먼 연어가 탈진이라도 한 듯 고개를 절레절레 흔들었다. 그게 마치 '용왕님은 별수 없이 죽게 된다'는 말처럼 보였다. 용왕은 무슨 말인가 하려고 끅끅거리는 소리를 냈다. 삼대작도 혼잣말을 하듯 중얼거리기만 할 뿐 죄를 지은 듯이 눈먼 연어를 쳐다보지도 못하고 있었다.

"아니, 그렇다면 이대로 굶으시게 그냥 두어야 한단 말이오? 음식을 못 드시면 기력이 쇠하시고 그러면 그다음 일은……."

한참만에 이대작 문어가 말을 꺼냈다 차마 더한 얘기를 못 하고 입을 다물었다. 눈먼 연어는 이대작 문어의 말을 대신해주려는 듯 대답했다.

"바다와 육지 경계에 누렇게 이어지는 물결이 있으니 그 물결을 타고 어딘가로 갈지니!"

고대작 준치가 화가 나서 소리를 질렀다.

"아니, 그대는 감히 여기가 어딘 줄 알고 함부로 입을 놀리시오! 용왕님께서 아무 근본도 없는 그대를 받아들여 그대가 하는 말에 귀를 기울이는 혜량을 베푸신 건 그대가 용왕님을 이리 농락해도 좋다는 뜻이 아니란 말이오. 이보게, 금부도사! 이 이상한 노인을 감옥에 처넣고 국문을 해서 어떤 연유에서 용궁을 찾아 들었는지 알아내보게."

금부도사 갈치가 입에 긴 칼을 물고 눈먼 연어에게 다가왔다. 눈먼 연어는 그제서야 수염을 쓰다듬으며 말했다.

"남이 하는 말을 끝까지 다 듣지 않고 자기 말만 하는 습관이 곧 만병의 근원인바……."

눈먼 연어의 느긋한 태도에 삼대작은 금세 한 발 물러섰다. 이대작 문어가 눈먼 연어의 소매를 잡았다.

"어쨌거나 용왕님의 병의 근원이 어디에 있는지 아셨으면 처방도 해주셔야 할 게 아니오?"

눈먼 연어는 크게 망설이는 기색도 없었다.

"이미 이 물생계에 있는 약은 있는 대로 다 써보셨을 것인데 과연 차도가 있었는지요?"

삼대작이 고개를 절레절레 흔들었다. 처방이 가능한 모든 약은 이미 다 써본 상황이었다.

"그렇다면 단 한 가지!"

눈먼 연어는 손가락 하나를 공중에 높이 쳐들었다.

"이 우주에는 하늘이 있고 땅이 있고 바다가 있으며 그 사이 빈 허공이 있습니다. 하늘은 하늘대로 땅대로 바다는 바다대로 각기 살아가는 생물이 다르고 그 이치가 다르고 또한 풍습이 다릅니다.

땅은 육지라 하여 이곳에 사는 동물을 일컬어 육생이라 했습니다. 이 육생계는 다시 길짐승들이 주인인 길생국, 민숭이가 주인인 얼생국, 새들이 주인인 날생국이 있습니다. 하늘은 천상이라 하여 한때 이곳에는 육지에서 승천한 동물들이 살았습니다. 천둥새·봉황·삼족오 같은 동물이 바로 그러한데 이들은 모두 승천한 이후 모습을 감춰버렸고 다만 이들이 승천할 때 잘못 따라 올라간 길생이 있으니 그것이 토끼입니다. 지금은 그 토끼들이 그곳에 사는지 어떤지 모르지만, 가끔 밤하늘의 달을 쳐다보면 희끗희끗한 데가 보이는데 그것이 토끼들이 그곳에서 떡방아를 찧으며 노는 모습이라고들 합니다. 그렇게 달 기운을 받은 토끼 중 하나가 십수 년 전 다시 육지로 내려와 길생국에 살고 있습니다. 용왕님께는 바로 달나라에서 살다 온 그 토끼가 필요합니다."

눈먼 연어의 말은 어딘가 휘황한 데가 없지 않았으나 한편으로는 논리에 막힘이 없고 자연스러워 궁중 대신들에게 깊은 신뢰를 주고 있었다. 반쯤 누운 채로 얘기를 듣고 있던 용왕이 무슨 말인가 하고 싶어 손짓을 했다. 이대작 문어가 가까이 다가가 용왕이 하는 말을 듣고 물었다.

"그 토끼가 용왕님께 무슨 도움이 된다는 말씀이오?"

"용왕님께서는 이제 거의 모든 내장에 기가 빠져나간 상태입니다. 이제 몸에 나쁜 기운이 들어오면 그걸 막아낼 내장 기관이 없습니다. 그중에서도 간이 가장 중요한데 간이 살아 있으면 다른 기관에 기가 돌 수 있습니다. 용왕님을 살릴 방도는 간에 새 기운을 불어넣어주는 길밖에 없습니다."

"그게 어떤 길이오?"

저대작 조기가 다급하게 물었습니다.

"혹시 토끼의……?"

먼저 깨달은 것은 고대작 준치였다.

"그렇습니다. 바로 토끼의 간입니다."

"간을 어떻게!"

용왕 곁에 앉은 태자 용준이 비명을 지르다가 입을 다물었다. 경악한 대작들 틈에서 이대작 문어가 발을 빠르게 움직여 눈먼 연어에게 머리를 들이밀듯 말했다.

"지금 용왕님께 토끼 간을 드시게 한다는 말씀을 하려는 것이오?"

눈먼 연어는 조금도 망설이지 않았다.

"맞습니다. 토끼의 간이 아니고서야 용왕님의 간을 회복시킬 명약이 없습니다. 육지에 사는 토끼는 원래 산과 들을 깡충깡충 뛰어다니며 양기와 음기를 고루 받아 간이 싱싱합니다. 하지만 지금 용왕님의 몸은 보통 토끼의 간으로는 회복할 수가 없습니다. 천상 세계의 기운을 제대로 받은 토끼의 간이 필요합니다."

"설사 그런 토끼가 있다 해도 어디 가서 어떻게 찾는다는 말이오?"

"방법이 아주 없지는 않지요."

"대체 그 방법이 무엇이오?"

눈먼 연어의 설명은 복잡했다. 그러나 용왕은 귀를 쫑긋 세워 그 얘기를 들었다. 대신들도 외면할 수 없었다.

"달나라에 있던 토끼가 육지로 내려온 것은 육지에 토끼가 먹을 게 많아서입니다. 그런데 와서 보니 먹을 것은 많은데도 대부분의 길생들이 굶주림에서 벗어나지 못하고 있다는 사실을 알게 됐지요. 토끼는 한동안 책을 읽고 아이들을 가르치면서 어째서 그런 일이 벌어졌을까 공부하게 됐죠. 그 모든 것은 나라를 바르게 다스리지 않아서라는 판단을 하게 됐습니다. 그때부터 토끼는 왕에게 나라를 다스리는 법을 설파하기 위해 이 나라 저 나라를 떠돌아다니고 있습니다. 어느 나라에서도 토끼의 생각을 받아들여주지 않고 있습니다. 제가 죽을 날이 가까워오니 고향이 그리워져서 최근에 가생국을 거닌 적이 있는데 그때 육생계로 돌아가던 연어 떼를 만나 들은 토끼 얘기입니다."

눈먼 연어가 하는 말을 끝까지 다 듣고 난 용왕이 이불을 걷어차고 벌떡 일어났다.

"여봐라! 당장 토끼를 잡아 대령하렷다!"

대신들은 토끼를 잡아오는 일을 두고 자리에서 일어난 용왕이 더 놀라웠다.

용왕 스스로도 자신이 어떻게 그렇게 힘이 나서 일어나게 됐는지 알 수 없었다.

"그렇다면 연어선생께서 토끼를 잡아오시면 원하시는 것을 모두 하사하시겠다 합니다."

눈먼 연어는 고개를 절레절레 흔들었다.

"오호, 딱하신 말씀! 연어는 강에서 태어나 바다에 한 번 갔다가 다시 강으로 돌아가서는 알을 낳고 바로 죽을 목숨이었습니다. 이렇게 살아 있는 것은 길을 잘못 들어 바다에 머물면서 희귀한 바닷생물을 많이 먹은 덕분입니다. 한데 이제 육지의 토끼를 잡으러 갔다가는 금세 기운이 쇠해 토끼 굴에 이르지도 못하고 꼬꾸라져 죽어버리고 말 것입니다."

눈먼 연어의 말에 모두 탄식하고 말았다.

"그럼 누가 가서 그 달나라에서 살다가 육지에 내려온 토끼를 잡아올 수 있단 말인가!"

용왕은 다시 자리에 누우며 기어들어가는 소리를 냈다. 그러자 용왕이 자리에 눕는 것을 도운 태자 용준이 분연히 일어나 말했다.

"육지에는 풀나무들이 마구 자라 찔리기 쉽고 살생을 좋아하는 육생들이 많아 잡아먹히기도 쉽지만 우리 용궁에는 예로부터 대신들이 솔선수범으로 충성을 다투던 곳이었으니 내일이라도 육지로 떠날 부대를 편성하시오."

효성이라면 과도할 정도인 용준이었다. 그 눈빛이 하도 분연해 문어 · 조기 · 준치 삼대작은 처음부터 주눅이 들고 말았다.

"용궁의 대신은 무릇 궁내에서 용왕님을 보필하는 대신과 용궁 안팎을 드나들며 업무를 수행하는 대신으로 나뉘는바……."

"이런 일은 과단성이 있고 통솔력 있는 대신이 적당할 터인즉……."

"수륙 행보가 손쉬운 물생이 무리를 이끌고 가야 합니다."

삼대작이 일제히 망설이더니 곧 내전에서 용왕전으로 몰려나가 칠상관을 불러오게 했다. 칠상관들이 하나둘 용왕전으로 들어왔다.

"용왕님의 환후가 깊어 얼른 손을 쓰지 않으면 안 되니 서둘러 육지 원정대를 결성해야겠소. 칠상관 중에 한 상관이 대장이 되어 부대를 이끌고 원정을 다녀와 주시오."

적상관 홍어가 얼른 대답했다.

"보상관 은어가 피부색이 은은하니 육지에 올라 몸을 숨기며 다니기 편합니다."

대장으로 지목된 은어가 갑자기 얼굴색을 붉히며 나섰다.

"녹상관 농어가 말수가 적으니 묵묵히 왕명을 수행하고 돌아올 수 있을 것입니다."

지목된 농어가 곧바로 말을 받았다.

"황상관 우럭이 날씨 변화에 적응을 잘 하니 적격이라 생각됩니다."

역시 지목된 우럭이었다.

"주상관 방어가 꾀가 많으니 육생들의 의심을 딴 데로 돌리고 토끼를 잡아올 수 있을 것입니다."

방어가 나섰다.

"청상관 청새치가 긴 팔로 토끼를 잡아올 것입니다."

청새치가 나섰다.

"남상관 민어가 근력이 좋으니 가장 무리가 없겠습니다."

민어가 나섰다.

"칠상관 중에 적상관 홍어가 우두머리이니 충성심이 그윽합니다."

칠상관들은 충성을 바칠 기회를 모두 다른 이에게 넘기려 했다. 마지막으로 지목된 적상관 홍어가 다시 꾀를 내어 용왕전을 나가 용궁전에 섰다. 그러고는 팔중관들을 불러모았다.

팔중관 숭어·굴·조개·청어·백어·도미·도루묵·물개가 용왕전으로 들어왔다. 사연을 들은 숭어는 굴을 천거했다. 굴은 조개를 천거하고 조개는 청어를 천거했다. 청어는 백어를, 백어는 도미를, 도미는 도루묵을, 도루묵은 물개를, 물개는 숭어를 천거했다.

숭어가 꾀를 내어 구청관들을 용궁전으로 불러들이게 했다. 장어·새우·서대·금치·뱅어·멸치·삼치·꽁치·쭈꾸미가 불려왔다. 장어는 새우를, 새우는 서대를, 서대는 금치를, 금치는 뱅어를, 뱅어는 멸치를, 멸치는 삼치를, 삼치는 꽁치를, 꽁치는 쭈구미를, 쭈구미는 장어를 천거했다.

장어가 꾀를 내어 열두 말관을 불러들이게 했다. 깔따구·개불·노래미·전갱이·쥐치·아귀·곰치·가오리·정어리·자라·거북·방게가 불려왔다.

"너희들이 이 바다를 지키는 뛰어난 장수들이다. 지금 이 나라는 큰 위기에 빠져 있다. 위기는 영웅을 낳는 법. 지금 용왕님의 환후를 고칠 수 있는 영웅이 필요하다. 육지로 가서 토끼를 잡아오기만 하면 바로 영웅이 된다."

장어가 하는 말을 깔따구가 쭈뼛쭈뼛하며 먼저 받았다.

"개불이 성질이 꼿꼿해서 절대 밀리지 않고 육생동물들을 설득할 수 있을 것입니다."

천거를 받은 개불은 다시 노래미를 추천했다. 노래미는 전갱이를, 전갱이는 쥐치를, 쥐치는 아귀를, 아귀는 곰치를, 곰치는 가오리를, 가오리는 정어리를 추천했다.

정어리가 나섰다.

"바다의 물생이 육지에 오르면 당장 눈에 띄게 되는데 자라는 납작하기 때문에 눈에 띌 염려가 없습니다. 또한 자라는 예로부터 충성심이 깊어 반드시 토끼를 잡아올 수 있을 것입니다."

정어리에게 추천받은 자라는 한동안 아무 말도 하지 않았다.

모두들 지쳐 있었다. 자신에게 지목된 시선을 다른 신하에게 넘기는 말로 이어진 시간이었다. 용왕은 내전에서 지쳐 누웠고, 삼대작과 칠상관은 용왕전에서, 팔중관과 열두 말관은 용궁전에서 지리한 시간을 견디고 있었다. 그러다 한 신하가 다음 신하를 부르고 그 신하가 다음 신하를 부르는 지루한 말 잇기가 중간에 뚝 끊어졌다.

장어가 돌아보며 재촉했다.

"말관 자라는 어서 말을 하여라!"

자라는 용궁전에 나와 앉은 팔중관부터 자신에 이르는 말관들을 둘러보았다. 그러고는 천천히 말을 하기 시작했다.

"물생계의 중심은 용궁이고 용궁의 힘은 용왕님으로부터 나옵니다. 용왕님께서 지금 환후가 지중하시어 어떤 명약도 듣지 않고 있는 때 과연 토끼의 간을 구하는 일밖에 다른 도리가 없다면 죽음을 무릅쓰고라도 마땅히 육지로 가서 토끼를 잡아와야 할 것입니다."

자라의 입에서 토끼를 잡아오겠다는 말이 떨어지자 용궁전 여기저기서 탄성이 울렸다. 자라의 몸은 눈깜빡할 새 용왕전을 거쳐 내전에 옮겨져 있었다.

"그대가 토끼를 잡아올 수 있다는 말이지!"

"그렇지, 역시 충신은 다른 데 있지 않았어!"

"충, 하면 예로부터 자라 가문이었어!"

평소에 쳐다볼 수 없는 삼대작이 눈앞에서 자신을 둘러싸고 있는데도 자라는 조금도 기가 죽지 않았다. 삼대작을 하나하나 올려다보던 자라는 이렇게 말했다.

"지금 당장 이 몸이 헤엄쳐 육지로 오르고 싶습니다만."

자라는 말을 끊었다. 삼대작은 침을 꿀꺽 삼켰다.

"저는 자라 가문에서 처음으로 벼슬에 올라 용궁 밖에서 용궁의 한 귀퉁이를 수비하는 말관으로서 이미 오래 살아와서 이제 늙어 일을 더는 할 수 없는 몸이 됐습니다. 하지만 우리 자라 가문에서는 비록 벼슬을 하는 이가 아무도 없지만 충성심만은 그 어떤 물생보다 깊고 큽니다. 어서 집으로 돌아가 토끼를 잡아올 젊은 자라를 구해올 것인즉 조금만 기다려주십시오."

자라의 말이 끝나자 다시 여기저기서 감탄하는 소리가 울려퍼졌다. 내전에서 자라의 충정을 전해 들은 용왕이 자라를 안으로 불러들였다.

"그래, 내가 이전부터 너의 충성심을 눈여겨보았느니라! 어서 집으로 돌아가 군사를 모으도록 해라!"

용왕이 자라의 손을 잡고 눈물을 글썽였다.

말관 자라는 집으로 돌아가는 즉시 젊은 자라들을 한 자리에 불러모았다.

"우리 자라 가문은 할아버지의 할아버지의 할아버지, 그보다 더 윗대의 할아버지의 할아버지의 할아버지 대까지는 육지에서 강가를 삶의 터전으로 삼아 강과 땅을 넘나들며 살았단다. 우리는 그 지역에서 아무도 무시하지 못하는 대단한 가문이었지. 우리하고 모양이 비슷한 남생이라는 육생이 있는데 그 남생이들은 우리가 지나가면 납작 엎드려 절을 해야 했단다. 그런데 어느 날 지진이 나서 강바닥이 하늘 높이 치솟으면서 우리 살던 마을이 그대로 바닷속으로 미끄러져 내려와버렸지. 아무리 헤엄치고 헤엄쳐도 우리가 살던 곳은커녕 바닷가까지도 가 닿지 못하는 깊은 심생에 들어와버린 거야. 그래서 우리는 지금껏 육지를 그리워하며 바다 한가운데 섬에 올라 쉬었다가 다시 바다에 들어가는 일을 업으로 하며 살고 있단다.”

자라 가문의 지나온 파란만장한 역사였다. 실은 이런 얘기라면 자라 청년들이 귀에 못이 박이도록 들어왔다.

— 또 그 얘기야?

— 우리는 대단한 가문이었어, 우린 정말 대단하잖아.

— 자손 대대로 이 섬마을을 떠나 살지 못하니 얼마나 대단해.

— 땅이 하늘로 치솟을 때 우리는 이 망망대해를 차지한 종족이라구.

평소 같으면 이런 말로 투덜거릴 자라 청년들이었다. 그런데 이번에는 달랐다. 청년들은 입을 뻥끗도 하지 않고 있었다. 말관 자라의 전에 없이 비장한 기세 때문이었다. 말관 자라가 주먹을 불끈 쥐고 가끔 어금니를 깨무는 모습은 정말 본 적 없는 태도였다.

“우리 가문은 어쩔 수 없이 바다를 터전으로 열심히 살아갈 수밖에 없었지. 정말 열심히 살았지 않느냐. 몸집이 큰 거북 종족들보다 더 열심히 팔다리를 휘저어 고기를 잡고 물풀을 청소했다. 우리가 아니었으면 이 섬 일대는 시커먼 똥물들로 크게 오염됐을 거다. 그나마 다행인 것은 이 지역이 용궁해에 있다는 거다. 가까이에서 왕을 뵐 수 있으니 얼마나 큰 영광인 거냐. 그런데 너희들도 잘 알다시피 우리 가문은 육지에서 온 종족이라는 이유로 용궁해 안에서도 가장 변방에서 살아왔고, 벼슬살이도 이 지역을 벗어나지 못하고 있었다. 그동안 우리 가문이 얻은 벼슬 중에 용궁 수비대의 청소 담당이 가장 높은 벼슬이란다. 바로 내가 그 자랑스런 벼슬아치란다. 그 이전까지 연전에 돌아가신 내 스승도, 그 앞에 돌아가신 내 아버지도 미관말직이나마 용궁에 진출해보지 못했다. 그런데도 지난해 용왕님 행차에 이 지역 용궁해를 지날 때 지저분하다는 이유로 하마터면 우리 스승께서 곤장 세례를 받을 뻔했지 뭐냐. 그게 용왕님 행차할 때 타고 온 수레가 일으킨 거품 때문에 바다가 잠시 지저분하게 보일 뿐일 건데 말이지. 우리 스승님이 이 일로 화가 나서 결국을 병을 얻고 일찍 돌아가신 게 아니더냐.”

말관 자라는 전에 없이 눈물까지 보이고 말았다. 말없이 듣고 있던 청년 자라들도 공연히 눈시울이 뜨거워졌다. 가슴속에서는 뭔지 모를 기운이 불끈 치솟아올랐다.

“육생계에서 이민 온 종족이라 하여 홀대하는 물생계는 분명 옳지 못한 세계이다. 하나 그것을 탓하고 있기에는 세월이 아깝다. 우리 가문이 이 물생계에 사는 이상 가능하다면 지금보다 대접받을 수 있는 지위를 얻어야 하지 않겠느냐. 이제 그 기회가 왔으니 놓치지 말고 마땅히 붙들어야 할 것이니라!"

장황한 설명에 격한 감정이 얹어졌지만 논리는 정연했다. 용왕의 병을 낫게 하기 위해 토끼를 잡아다 주는 공을 세워 가문의 부흥을 꾀해보자는 뜻이었다. 절호의 기회를 놓칠 수 없다는 의지를 천명한 거였다.

그런데 말관 자라의 연설이 이어지는 동안 줄곧 주먹을 쥐고 얼굴이 상기되던 청년 자라들이 육지로 가야 한다는 말에 겁을 집어먹고 눈길을 슬며시 내리깔고 있었다. 말관 자라의 얼굴이 붉으락푸르락 했다. 한숨도 나고 화도 치밀어 올랐다.

"보아라! 우리가 언제까지 소외되고 핍박받고 살아야 할 것이냐. 너희는 우리 자라 종족을 지키고 이끌고 나갈 청년들이다. 나라에 몸을 바칠 용기가 없으면 우리 종족의 미래는 암담하기 그지없다. 너희들이 이렇게 비겁하니 종족의 앞날을 어떻게 맡기고 내가 눈을 감겠느냐. 아, 실망이구나!"

말관 자라가 탄식하는 사이 앞으로 걸어나간 이는 바로 말관 자라의 아들 자라였다.

"제가 가겠습니다. 저는 가끔 해안에서 육지 안쪽으로 바라보면서 그곳에 사는 육생들은 어떤 모습일까 늘 궁금해했습니다. 머릿속으로 우리 조상이 살던 마을을 그려보는 것이 제 취미이기도 했습니다. 그러니 제가 가면 분명히 그 토끼가 사는 곳을 빨리 알아내서 곧 그자를 데리고 올 수 있을 것입니다."

"오, 과연!"

말관 자라는 과연 내 아들이구나, 하는 말을 감추고 감격 어린 눈빛으로 아들을 바라보았다. 그러자 평소 아들 자라를 잘 따르던 젊은 무리들이 일제히 고개를 빳빳이 위로 쳐들며 나섰다.

"저도 함께 가겠습니다."

"저도 가겠습니다."

"저도 이번에 토끼를 잡아오는 데 공을 세워 우리 자라 종족의 명예를 높이겠습니다."

말관 자라 앞에 나선 청년은 모두 스물이었다. 말관 자라는 이들의 손을 차례로 잡았다.

"그래, 그래, 너희들이 이제 우리 가문을 일으켜 세울 영웅들이다!"

말관 자라는 벅찬 가슴을 안고 하룻밤을 지새운 뒤 이 용감한 자라들을 이끌고 용궁으로 들어갔다.

"오호, 그래. 너희들이 토끼를 잡아올 것을 생각하니 내가 이렇게 기운이 나는구나."

용왕은 놀랍게도 어탑을 기대고 몸을 반쯤이나 일으킨 상태였다. 용왕은 토끼 얘기만 나와도 힘이 솟는 게 분명했다.

자라들이 토끼를 잡으러 육지로 간다는 소문이 들려오자 어제 미처 충성심을 드러내지 못한 말관 중에서 거북과 방게가 각각 같은 종족들을 데리고 몰려왔다.

"용왕님, 저희 거북 종족들 중에서 젊고 용감한 아이들이 서로 토끼를 잡아오겠다고 나섰습니다."

"용왕님, 저희 방게 종족들 중에서 지혜롭고 끈기 있는 아이들이 토끼를 잡아오려고 나섰습니다."

용왕은 갑자기 밀려드는 허기를 참지 못하고 그동안 못 먹던 음식을 조금씩 입술에 묻혀가면서 감탄을 멈추지 않았다.

"오냐, 너희들이 과연 내 진정한 신하들이구나! 내 특별히 말관 자라의 아들에게 주부의 벼슬을 내릴 것이니라! 또한 말관 거북의 조카 거북과 말관 방게의 혈족 방게에게도 주사의 벼슬을 내릴 것인즉, 모두들 별주부를 받들어 무사히 임무를 수행하고 오기 바란다."

별주부는 때를 놓치지 않고 말했다.

"저희의 충성심은 바다만큼 깊고 저희의 용맹함은 하늘에 가 닿을 것이나 토끼란 종족은 생전에 한 번도 본 적이 없습니다. 저희가 잡아올 토끼는 그 많은 육생들 중에 토끼 하고도 아주 특별한 토끼인데 더구나 찾기가 쉽지 않을 것입니다. 용궁에는 그런 토끼를 본 신하가 하나도 없으니 눈먼 연어에게 토끼 형상을 자세히 물어 그림으로 그려서 지니고 가야 신속하게 토끼를 찾을 수 있을 것입니다."

별주부의 청에 용왕은 눈먼 연어를 다시 불렀다. 그리고는 화공 중에서 세필에 능한 꼴뚜기와 멍게를 들게 해 눈먼 연어로부터 설명을 듣고 토끼 형상을 그림으로 그리게 했다.

새소리 바람소리에 두 귀는 쫑긋
알밤 도토리 까 먹고 큰 입이 뾰족
별 보고 달 보고 눈알이 뱅글
별빛에 달빛에 온몸이 빙글
사나운 짐승 피해 다리는 깡충
허리는 잘록 꼬리는 짤막

눈먼 연어가 말하면 한 번은 멍게가 그리고 한 번은 꼴뚜기가 그렸다. 그려놓은 형상을 별주부가 눈먼 연어에게 설명하면 눈먼 연어는 그걸 알아듣고 다시 말했다. 꼴뚜기와 멍게는 다투듯이 몸에 든 먹물을 짜내 그림을 그렸다.

"그래, 바로 이놈이 토끼렷다!"

용왕은 꼴뚜기와 멍게가 함께 그린 토끼 형상을 보고 낄낄거리며 소리내어 웃었다. 그러자 눈먼 연어는 그 웃음소리를 듣고 고개를 갸웃했다.

"토끼 형상이 우스운 꼴이 돼서는 아니 됩니다. 지금 완성한 그림은 아무래도 부족한 것이 있는 듯합니다."

별주부가 그림을 들고 다시 화상을 설명했다.

"토끼는 달나라에서 육지로 내려온 뒤 밤이면 몸을 드러내놓고 달빛을 쬐어 이마가 거무스레하고 어느 날 달빛에 코를 데어 코끝에 굵고 빛나는 점이 있다 했습니다. 그 점이 신비로운 데 있어 그걸 제대로 찍어야 합니다."

눈먼 연어의 말에 토끼 화상을 그리는 데 하루 종일 애쓴 꼴뚜기와 멍게를 비롯해 여러 화공들이 웅성대기 시작했다.

"살을 태웠으니 점은 마땅히 검고 큰 점일 테지요."

"달빛에 그을리듯 탄 것이니 은은한 은빛 점 아니겠소?"

"굵고 큰 점이라 하였으니 아무도 이렇게 툭 튀어나왔을 게 틀림이 없소."

"보통 점이 아닌 게 분명하니 먹물도 특별한 것을 써야 합니다."

"우리 화공들에게는 그런 먹물이 없지 않소."

"먹물 중에 가장 질이 높은 건 문어의 것 아니오."

"문어 중에서 가장 높은 종족이 있지요."

화공들의 입에서 문어라는 말이 나오자 이대작 문어는 뒷덜미가 쭈뼛해졌다. 문어의 몸에서 먹물이 빠져나가면 피부 노화가 심해진다. 행여 자신에게 화살이 날아올까 이대작 문어는 갑자기 배를 움켜쥐고 뒷간으로 뛰어갔다.

이대작 문어가 다시 모습을 드러낸 것은 얼마 뒤였다. 이대작 문어의 손에는 못 보던 물병이 하나 들려 있었다. 급히 똥을 싸고 거기에 먹물을 딱 한 방울 짜내 섞어 흔든 거였다.

"이게 바로 내 몸에서 짜낸 먹물입니다."

이대작 문어가 병을 앞으로 내밀자 지쳐 누운 용왕마저도 옳다구나 하고 감탄했다. 화공들은 이대작 문어가 준 병을 들고 조심스럽게 붓끝에다 묻혀 공중으로 들어 보였다.

"역시 지체 높은 이대작 문어님이라 먹빛이 오묘합니다. 가히 토끼가 달빛에 얼굴을 태워 생긴 점과 같다 하겠습니다."

눈먼 연어가 고개 끄덕이자 멍게가 그 붓을 들고 토끼 형상의 미간에다 살포시 점을 찍었다. 검노란 빛의 점 하나가 당장 앞으로 툭 튀어나올 듯한 특별한 토끼가 됐다. 그림을 본 용왕이 색색거리는 숨소리를 내면서 탄성을 질렀다.

"으흠, 바로 이 화상이 달나라에 내려와 밤마다 달빛 아래 제 몸을 데운 토끼의 모습이구나!"

토끼 그림까지 완성되자 마침내 별주부 일행은 대열을 갖추고 용왕에게 예를 표했다.

용왕은 별주부에게 산호로 빚은 돋보기를, 구주사에게 조개껍데기를 다듬어 만든 칼을 하사했다.

"자, 이제, 이제 어서 가서 토끼를, 토끼를 내 앞에 데려오너라."

용왕의 목소리는 숨이 찼지만 그 안에는 기대와 욕망이 여전히 이글거리고 있었다.

여기 신비한 세상이구나

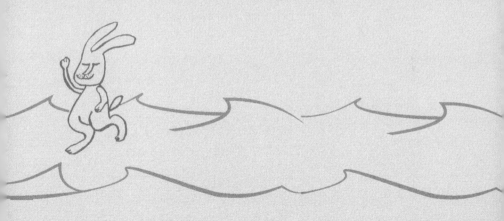

토선생은 생전 처음 보는 바다 풍경에 한동안 넋이 나갔다. 그러다 자신도 모르게 눈이 감겨버렸다. 서로 몸통을 겹쳐 수레를 이룬 자라와 방게들도 졸음을 쫓기 위해 노래를 흥얼거리고 있다. 구주사는 행여 토선생이 변심하여 몰래 달아나버릴까 잠 한숨 자지 않고 수레 위를 지키고 있다.

별주부는 조는 토선생의 고개가 자기 어깨에 떨어지는 것을 가볍게 받쳐준다. 이제 곧 배가 갈리고 간이 꺼내질 운명에 처해 있는 토끼다. 연민이 사그라들지 않는다. 죄책감 또한 결코 작지 않다. 처음부터 자초지종을 사실대로 설명하고 데려갈 뜻은 꿈에도 없었지만 이 토선생은 정말 제대로 양해를 구하면 따라나설 수도 있는 양반 같다는 생각이 든다.

별주부는 살아가는 일에는 정말 예가 있고 도가 있어야 한다고 믿었다. 속이는 것도 예가 아니요, 죽이는 것은 더더구나 그렇다. 용서를 빌고 그냥 죽어달라 할 수도 없고, 용왕한테 바치기만 하고 모른 척 물러나 버릴 수도 없다. 별주부는 고개를 돌려 토선생의 얼굴을 내려다본다.

마침 침까지 흘리며 졸고 있던 토선생이 몸을 틀어 작게 기지개를 켜면서 눈을 떴다. 눈에 바닷빛이 어리는지 얼른 눈을 감고 오래 버티다가 다시 눈을 떴다.

"토선생, 이제 정신이 좀 드시오?"

"내가 바닷속을 헤매는 꿈을 꾸었는데 꿈속에서 내가 꽃가마를 타고 어딘가로 둥둥 떠가는 듯했소. 꿈속에서도 내가 꽃가마를 타고 가는 게 마치 내가 죽은 시신이 되어 꽃상여를 타고 저승길로 가는 게 아닌가 하는 생각이 들기도 했소."

"허허허, 우리가 탄 용수레가 바닷속을 둥둥 떠서 가고 있으니 토선생 몸이 그리 느끼신 게지요. 보시오, 이렇게 수레가 둥둥 떠 가지 않소."

별주부는 일부러 엉덩이를 들썩이며 용수레를 흔들어본다.

"아, 그렇군, 하하하."

토선생도 별주부를 따라 용수레를 흔든다. 둘은 모처럼 함께 소리내며 웃었다. 별주부는 이때다 싶어 얼른 말머리를 돌린다.

"토선생, 내 토선생을 만나면 꼭 물어보고 싶은 것이 있었소."

"그게 무엇이오?"

토끼는 별주부의 표정에 뭔가 낌새를 느끼고 눈을 번쩍 떴다.

"토선생이 원래 달나라에 살았다고 알고 있는데, 그냥 달나라에 살지 않고 어찌하여 육지로 내려와 살고 계신 것이오?"

"으험, 그것은…… 하늘에서 일어난 일이라…… 이걸 말하는 건 이른바 천기누설일 것이고…… 으험."

말이 궁해진 토끼가 머뭇거리고 있는 사이 구주사가 모습을 드러냈다. 구주사는 둘이 웃는 소리를 듣고 행여 별주부가 토끼한테 무슨 비밀 이야기라도 나누는가 의심했다. 토선생은 마침 잘됐다 싶어 구주사가 보란 듯이 제 입을 쭉 내밀어 별주부의 귀에 대고 급히 무슨 말인가 한다.

"밖에 무슨 일이 생겼느냐?"

별주부는 토선생의 말을 제대로 듣지 못한 채 구주사를 쳐다본다.

"가끔 철모르고 달려드는 상어 떼가 있어 용왕님의 부적을 흔들어주느라 신경을 쓰는 일을 제외하고는 특별한 일이 없습니다. 이제 한나절이면 용궁에 닿을 수 있을 겁니다."

구주사는 별주부에게 의심의 눈초리를 풀지 않는다.

"한나절 지나면 용왕님을 만나게 된다……? 이제 실감이 나는 듯하군요. 한데 용왕님은 어떤 분인가요?"

토선생은 짐짓 궁금하다는 듯이 물었다. 묻고 보니 정말 궁금한 일이기도 했다.

"용왕님은 원래 넓고 넓은 바다를 관장하시느라 일 년 삼백예순

다섯 날 바쁜 나날을 보내시고 계십니다. 바다 곳곳에서 오는 소식을 접하고 계시면서 물생들을 위해 하실 일을 생각하시느라 잠을 못 이루시는 일이 잦습니다. 용왕님은 이리 훌륭하신 분인데 아쉽게도 주위에 토선생 같은 총명한 신하가 없어 모든 일을 혼자 생각하고 혼자 결단해야 하기 때문에 실은 고독하기가 이만저만이 아니시지요."

"어허, 연로하신 분이 바다 물생들에게 베풀 일을 생각하시느라 밤에 잠을 못 이루신다면 많이 먹고 몸을 덜 움직이고 머리만 쓰고 계신다는 게 아니오. 그렇게 오래 사셨다면 아마 몸에 병이 와 있을 것임에 틀림이 없소."

별주부는 순간 아차 했다. 자신이 한 공연한 말로 토선생이 불편한 상상을 할까 봐 조마조마했다. 그러자 구주사가 갑자기 큰 소리를 내질렀다.

"아니 토승! 무슨 말씀을 그리 함부로 하시오!"

구주사가 지르는 소리에 토선생은 눈을 동그랗게 떴다.

"아이, 깜짝이야! 이거 간 떨어질 뻔했네!"

구주사는 조금도 망설이지 않고 토선생을 향해 쏟아붓기 시작한다.

"우리 용왕님께서는 평생을 감기 한 번 앓은 일 없는 분이오. 불철주야 나라 걱정에 물생들 걱정하느라 아플 틈도 없는 분입니다. 그런 분에게 어찌 감히 병 운운 하시는 게요? 귀한 손님이라 하나 용왕님에 대해서 그리 함부로 말하는 것은 용서치 못하겠소."

구주사가 칼이라도 빼 들 태세가 되자 토선생은 얼른 별주부 뒤로 몸을 숨긴다. 별주부가 일어서서 소리친다.

"이놈, 거북아! 손님 모시고 가면서 소리를 꽥꽥 질러대다니 이런 결례가 어디 있느냐! 당장 무릎 꿇고 사과드리지 못하겠느냐!"

구주사가 무슨 변명을 하려 들자 별주부가 얼굴을 더욱 붉히며 소리쳤다.

"어허! 이놈이 어디서 무슨 변명을 하려는 거냐. 천하에 막돼먹은 놈! 어서 사과드리라는데두!"

별주부가 전에 없이 핏대를 세우는 통에 구주사는 어쩔 수 없이 무릎 꿇는 시늉을 한다.

"토승! 제가 저희 용왕님만 생각하고 모시고 가는 토선생의 마음을 헤아리지 못했습니다. 용서를 구합니다."

토선생은 짐짓 헛기침을 하면서 웃음을 띠었다.

"구주사의 충성심이 대단한 걸 보니 과연 용왕님이 어떤 분이실까 더욱 궁금해졌소."

"구주사는 어서 밖으로 나가 용수레가 제대로 가고 있는지 다시 살펴보게!"

별주부는 눈짓을 해서 구주사를 내보낸다. 구주사는 다시 한 번 토선생을 향해 눈을 부라리다가 돌아섰다.

별주부는 토선생의 몸을 부축해 자리에 앉혔다.

"토선생, 이제 안심해도 좋습니다. 저 거북 놈이 하나는 알고 둘은 모르는 놈이라 그저 충직한 마음으로 한 행동이니 널리 헤아려 주세요."

"허허, 저런 충성스런 신하를 두었으니 용왕님도 보통 분은 아니겠다는 짐작이 듭니다."

별주부는 재빨리 화제를 돌린다.

"그건 그렇고, 토선생께서는 여러 길생국을 돌면서 많은 왕들을 만나본 것으로 알고 있습니다. 한데도 그 왕들은 어째서 토선생과 같은 훌륭한 재상감을 몰라보고 내쫓거나 심지어 죽이려 들기까지 하는지 그것이 궁금해 미칠 지경이오."

별주부의 꾀가 먹혀들고 있다. 토선생은 모처럼 일장연설을 할 기세로 수염을 몇 차례 쓰다듬는다.

"도대체 몇 나라 국왕을 만나셨는지요?"

별주부는 토선생의 관심을 마침내 다른 데로 옮기는 데 성공했다는 사실에 적이 안심한다.

"내가 오대륙을 주유하면서 크고작은 길생국을 드나들며 여러 국왕들을 만났소. 툭하면 만백성에게 철퇴를 휘둘러 권력을 과시하는 왕, 대소 신료의 의견을 무시하고 최측근들만 밀실로 불러 정사를 펼치는 임금, 주지육림에 빠져 헤어나오지 못하는 왕, 정사는 간신 모리배한테 맡겨두고 사냥하고 유람하는 데만 정신이 빠져 있는 왕…… 별의별 왕을 다 만나봤소."

"그중에 쓸 만한 임금이 하나도 없었단 말이오?"

"있었소. 회의나 상소로 백성들의 뜻을 짐작하고 바르게 정치를 하려는 임금, 자나깨나 백성들 걱정에 잠 못 이루는 어진 임금, 어려울 때를 대비해 곡식과 무기를 비축하고 축성과 훈련에 힘쓰는 임금, 백성들이 하는 말을 직접 들으려 저잣거리로 암행을 나가거나 먼 지역에는 암행어사를 보내 억울한 백성들이 있는지 살펴보게 하는 임금, 백성들이 쓰기 편한 문자와 음악을 만들어 전파한 임금……."

"훌륭한 임금들이 그렇게 많다니요!"

별주부는 진심으로 감탄했다. 잠시 자신의 용왕은 어째서 이 모양일까 싶어 절로 인상이 찌푸려졌다.

"많지요, 많아요. 너그럽고도 힘이 넘치는 임금들……."

토선생은 고개를 끄덕끄덕하다가 갑자기 웃음을 터뜨렸다.

"갑자기 왜 웃으시오?"

"하하, 별주부도 참 순진하시오. 통솔력도 있고 너그럽기도 한 그런 임금이 도대체 어디 있단 말이오. 내가 한 말은 옛 역사책에서 전설로나 전해오는 이야기일 뿐이지요."

"하하, 이제 보니 토선생이야말로 순진하기 짝이 없는 분이군요. 지금껏 그런 임금이 있는 줄 찾아다니다 죽을 고비를 몇 번이나 넘겼지 않소. 도대체 토선생은 그런 어진 임금이 없다는 걸 다 알면서 무얼 믿고 그렇게 막돼먹은 임금들을 찾아다니고 있는 건지요."

"그야 내가 아는 치세의 이치를 그들 임금에게 전해 세상을 바르게 다스리게 하기 위함이지요."

"그렇다고 해서 목숨이 둘이 아닌데 임금한테 대들다가 목숨이라도 잃는 날이면 말짱 도루묵이잖소?"

"그렇지요. 하지만 어차피 죽을 몸, 내가 알고 깨친 것을 할 수 있을 데까지 해보는 거지요."

"음……."

별주부는 자기도 모르게 신음 소리를 냈다.

"내가 제일 분노하는 국왕이 어떤 국왕인지 아시오?"

"어떤 국왕이오?"

"주지육림에 빠진 국왕도 아니요 철권을 휘둘러 신하와 백성을 벌벌 떨게 하는 국왕도 아니요……."

"그럼 어떤 국왕이오?"

"차라리 그런 국왕이라면 자기가 무얼 잘못하고 있는지 알고 있는 경우가 대부분이지요."

"그런 국왕보다 더 나쁜 국왕이 있다는 말이오?"

"있지요. 무능해서 자기가 잘못하고 있는 것을 모르고 무책임해서 국가에 무슨 사고라도 나면 자기 탓이 아니니 알 바 아니라는 식이고 그런데도 오만해서 비판을 하면 반드시 조그만 꼬투리라도 잡아 보복을 하는 국왕이오. 나는 그런 국왕을 보면 정말 배알이 꼬여서 견딜 수 없게 된답니다. 그러다 나도 모르게 말이 마구 튀어나와 곧 곤경에 처해버리곤 했지요."

별주부는 혹시 토선생이 용왕 얘기를 하는 게 아닌가 싶어 바짝 긴장했다. 한편으로는 토선생이 순진한 구석이 많다는 점 때문에 적이 안심도 된다. 그러나 이상하다. 토선생은 여지없이 물어온다.

"아, 그런데 용왕이라는 분은 정말 어떤 분인지요? 내가 좀 말을 가벼이 하는 버릇이 있는데 용왕이라는 분이 그런 걸 잘 받아주실지요?"

별주부가 컥, 하고 말문이 막히는데 때마침 구주사가 밖에서

"용궁해로 들어갑니다!"

하고 소리를 질러준다.

그러자 곧 용수레가 마구 덜컹대기 시작한다. 토선생의 몸이 천장에 닿았다 떨어지기를 몇 차례나 했다. 구석에 처박히기도 여러 번이다. 그래도 별주부는 이런 일에 익숙한 듯이 토선생과 한몸처럼 붙어 있으면서 번번이 토선생을 부축하곤 한다.

용궁해로 들어서서 용궁으로 나아가자면 반드시 거쳐야 할 관문이다. 자주 드나드는 관원이라면 이런 일에 익숙하지만 처음인 자들은 고통이 이만저만 아니다. 별주부 일행은 그나마 용수레 안이라 덜한 거다. 서로 어깨를 결어 용수레를 이루고 있는 자라·거북·방게 들은 수레가 파손되는 날에는 토선생을 온전히 용왕 앞에 데려갈 수 없게 된다는 것을 잘 아는 터라 이를 악물고 해류

를 이겨낸다.

용궁해의 급류를 통과하는 일은 곤욕스런 일이지만 뜻밖의 선물도 있다. 용궁해의 소용돌이들 사이로 바라보이는 용궁 모습이야말로 절경 중에 절경이다.

"자, 토선생! 이제부터 눈을 뜹니다. 토선생이 아마도 달에서도 육지에서도 본 적 없는 광경일 겁니다. 이 깊고 넓은 바다에서 가장 화려하고 장엄하고 신비로운 광경입니다! 이걸 보고 나면 죽어도 여한이 없을 겁니다!"

별주부는 진심으로 말하고 있다. 토선생에게는 살아 있는 시간이 이제 길지 않다. 더구나 지금 용궁으로 들어가면 다시는 살아서 용궁 밖으로 나올 일이 없다. 당연히 용궁의 아름다움을 만끽할 때라고는 지금밖에 없다. 그러니 남아 있는 동안이라도 정말 토선생을 위해 무엇이든 하고 싶었다.

"자, 하나, 둘, 셋!"

셋 구호와 함께 놀랍게도 거친 물결이 잠시 진정되었고 곧 눈앞에서 놀랍도록 신비로운 장면이 펼쳐진다.

"오, 그렇군요!"

한참 만에 눈을 뜬 토선생의 입에서 절로 탄성이 터져 나온다. 울긋불긋한 물나무들이 잎을 흔드는 사이로 용궁의 하얀 몸체가 드러나고 있다. 해류가 일으킨 거품과 물나무 잎들, 그 사이로 언뜻언뜻 실체를 드러낸 용궁의 외관은 육지의 어느 길생국 봄꽃이 활짝 피었거나 단풍이 무르익을 때와는 전혀 다른 느낌이었다. 이런 경치가 있나 싶어 토선생의 눈에서 눈물이 삐질삐질 새나온다.

거친 해류를 통과한 용수레가 이제 느릿느릿하게 용궁을 향해 항해하고 있다. 그제서야 별주부는 토선생의 눈에서 눈물이 새나온 걸 보고 가슴이 철렁 내려앉았다.

"아니, 어디 몸이 불편하시오?"

토끼가 무슨 낌새라도 챈 게 아닌가 싶었던 것이다.

"아니, 아닙니다. 별주부께서 나를 이런 데 데려다주시고, 고맙기 한량없는 일입니다. 내가 용왕님께 말씀드려 별주부께 큰 상이 내리게 하겠습니다."

별주부는 토선생의 대답을 기다리지도 않고 자리에서 일어선다.

"자, 이제 내릴 준비를 하십시다."

별주부는 손수 용수레 밖으로 나가 수문장과 인사를 나누었다. 그러는 사이 구주사가 손을 흔들어 용수레를 바닥에 내리게 했다. 용수레가 바닥에 닿는 순간 저절로 해체돼 자라·거북·방게로 떨어져 나간다.

"어, 엇!"

순간 토선생은 자신의 몸을 보았다. 물속에 있는 몸이 헤엄을 치지 않는데도 희한하게도 공중에 떠 있다. 수레는 해체되고 없는데 자기 혼자 수레 안에 앉아 있는 듯도 했다. 이상했다. 물속인 듯 물속이 아닌 듯했다. 물속인데 그냥 걸을 수 있고 숨을 쉴 수도 있다. 천천히 걸으면 헤엄치는 기분도 났다. 입을 뻐끔거리면 물풀들이 입안으로 들어왔다. 걷는데 몸에 부담이 없고 물속인데 옷이 젖지 않는다. 토선생은 이게 무슨 세상인지 정말 어리둥절했다.

"별주부, 여기가 진짜 용궁이라는 데요?"

토선생은 감격한 낯빛으로 여기저기를 둘러보면서 감격해한다. 그러나 그런 여유도 잠깐이었다.

"자, 용왕님이 계시는 용수각으로 가자면 여기서부터 또 한참을 가야 합니다. 오르시지요."

토선생은 장어 떼가 무리를 지어 만든 수레 위에 몸을 실어야 했다. 처음에 유람하듯 천천히 움직여 가던 장어 수레는 멀리 용수각이 보이자 갑자기 바빠졌다. 수레 앞머리를 잠시 공중으로 추켜올린다 싶더니 쏜살같이 앞으로 달려나갔다. 마치 거대한 용 한 마리가 허공을 배경으로 단번의 용틀임으로 그림을 그리는 듯하다. 곧이어 절정으로 치솟은 곳에서 갑자기 아래로 뚝 떨어지는 느낌이 이어진다.

"그대가 길생국에서 온 토선생이라는 자로구나!"

토선생은 머리 위에서 웅웅대는 소리에 눈을 떴다. 별주부의 청을 받고 육지에서 바다를 거쳐 용궁으로 오던 긴 시간이 꿈만 같다. 옆에 별주부도 구주사도 없는 듯하다. 토선생은 어느새 용왕 앞에 머리를 조아리고 꿇어앉아 있다.

"아, 용왕님! 이렇게 불러주셔서 영광입니다. 저는 육생계에서 온 작고 어리석은 토끼입니다. 저에게 배운 어린 토끼들이 많아 외람되게 토숭이라고도 불리고 토선생이라고도 불리고 있습니다. 이 먼 곳에 와서 소문으로만 듣던 용왕님을 뵙게 돼서 영광입니다."

토선생은 그래도 눈을 치켜떠 용왕의 낯빛을 살피기를 잊지 않는다. 병색이 도는 얼굴에 볼살이 쏙 들어간 게 필시 병을 앓고 있다는 거다. 게다가 입을 모았다 갑자기 입천장까지 예사롭게 드러내며 말하는 품새가 권세를 보통 자랑하는 게 아닌 게 분명하다.

— 이거 별주부 말만 듣고 잘못 온 게 아닌가?

잠시 후회가 밀려왔으나 그래도 스스로의 운명을 믿어보기로 한다.

"달나라에서도 살다 육지로 내려왔다더니 과연 네 얼굴이 예사롭지가 않구나!"

용왕의 혈색이 잠시 좋아지는 듯해서 토선생도 잠깐은 마음이 놓였다. 용왕은 토선생을 지그시 내려다본 다음 좌중을 둘러보며 묻는다.

"내가 먼 바다에서 잡아올린 진기한 물생 고기도 보았고 가끔 바닷가에서 잡혀온 육생들도 봤지만 이 토끼처럼 나긋나긋하고 부드럽게 생긴 육생은 처음 봤다. 이런 육생이 제 발로 나에게 성의를 표하러 왔으니 이 얼마나 가상한 일인가. 그렇지 않은가?"

용왕의 말에 삼대작이 옳습니다 하고 소리쳤다. 토선생은 그때

서야 주변을 돌아본다. 자신이 머리를 조아리고 있는 데서 멀리 않은 곳에 나란히 서서 읍소를 하고 있는 삼대작이 보인다.

"먼 길 왔으니 씻고 편하게 쉬면서 배도 좀 뜨끈하게 채우거라. 네가 나를 위해 이렇게 와주었으니 내가 네 성의를 그냥 받아들일 수는 없지 않겠느냐?"

토선생은 잠시 용왕이 자신에게 내릴 선물이 무얼까 생각해본다. 용수레를 타고 오면서 생각해둔 게 많은데 막상 용왕 앞에 엎드리고 보니 무얼 바라고 있었는지 생각이 잘 나지 않는다.

— 우선 바다 온천에서 목욕을 하겠지. 인어들이 와서 온몸에 비누칠을 해주고 묵은 때를 말끔히 씻어주겠지. 부드러운 천에 몸을 감싸고 바닷속이 잘 보이는 야외 정원에 앉으면 산해진미를 가득 실은 밥차가 들어오겠지.

토선생은 머리를 흔들어 생각을 바꾼다.

— 인어 등에 타고 진주알로 만든 잔에 고래 눈물로 빚은 술을 부어 마시면서 용궁에서 벌어지는 진기한 축제를 구경하게 될 테지.

토선생은 다시 고개를 절레절레 흔든다.

— 용왕의 관상을 보아하니 성질이 매우 급해 보이는데 어쩌면 내게 그동안 쌓인 문제를 당장 해결하라고 붓과 종이를 줄지도 몰라.

그러나 토선생의 기대나 예측은 보기 좋게 빗나가고 있다. 별주부 일행이 토선생을 데리고 용궁으로 들어온 때부터 기운이 나서 벌떡 일어나 앉아 있던 용왕이 슬그머니 자리에 누워버린 것이다. 그러고는 맥없는 음성으로 한마디 했다.

"아무래도 서둘러야겠구나."

토선생은 순간 온몸에 소름이 끼쳤다. 이건 아닌데 싶은 기운이 뇌리를 스쳤다. 아니나다를까 고개를 들고 보니 용왕은 여전히 높은 용상에 앉아서 삼대작을 가까이 불러 뭔가 얘기를 나누는 중이다. 용왕의 말을 듣고 있는 삼대작이 자신을 힐끔거리는 걸 토선생은 알아차렸다. 마침내 삼대작은 토선생에게로 다가왔다.

"오느라 수고 많았구나. 용왕님께서는 너에게 쉴 시간도 주고 좀더 살찌게 먹을 것도 주기를 원하시나 네가 충성을 발휘하는 김에 좀더 빨리 발휘하는 것이 좋겠다고 말씀드렸다."

"일이 이리 됐으니 다른 데서 하는 것보다 그냥 예서 진행하는 것이 좋겠다고 하셨다."

"너 같은 충성스런 신하가 우리 물생계에도 있었으면 싶다만 그러지 못해서 참으로 안타깝구나. 용왕님께 말씀드려 너의 이름을 용궁의 기둥마다 새겨두고 우리 물생들에게 영원한 귀감이 되게 하겠다."

토선생은 삼대작이 차례로 말을 하는 동안 무슨 대답인가 열심히 했다.

"아, 용왕님. 저는 이 바닷속으로부터 머나먼 육생계 하고도 길생국에서 용왕님을 도와드리고자…… 아, 그런데 별주부가, 별주부는…… 저는 용왕님을…… 아, 이거 이상하네. 별주부…… 저는 토……."

토선생이 하는 말은 제대로 연결이 되지 않은 이상한 말로 새나온다. 어어, 아, 그게, 아니, 어, 이상해, 도무지 무슨…… 토선생은 이런 말을 내뱉다가 어느새 몸을 일으킨 채 용궁전 안 여기저기를 뛰어다니고 있다. 누군가가 쇠사슬을 끌고 따라오는 듯했고 그걸 피하랴 별주부를 찾으랴 여기저기 뛰어다니는데 용궁전 안이 수백 명의 물생들이 둘러싸고 자기를 바라보고 있는 것을 알아차린다.

토선생이 이리 뛰고 저리 뛰자 용궁전 안의 물생들도 이리 몰리고 저리 몰린다. 금부도사 갈치가 수하를 거느리고 토선생을 쫓는 중인데 물생들만 잡아온 습관으로 껑충거리는 토선생 잡기가 도무지 신통치 않다. 에워싼 물생들도 뛰는 토끼를 잡지도 못하고 그냥 우왕좌왕하고 있다. 토선생이 물생들 사이를 오가며 출구를 찾아본다. 그러나 에워싼 물생이 너무 많은 데다 어디가 어딘지 알 수가 없다.

토선생이 어쩌는 수 없이 용왕전을 지나 내전으로 뛰어들어간다. 평소 같으면 막아서는 수비대들이 있어야 하는데 오늘은 다들 신기한 토선생 구경에 넋이 나갔다가 용왕을 지키지 못하고 있다. 토선생은 어탑 가까이 다가가 용왕의 다리 위로 뛰어올랐다.

"나는 용왕을 도우러 왔는데 이게 무슨 짓이오!"

토선생이 용왕의 수염을 잡고 늘어지자 용궁 안 물생들이 일시에 행동을 멈춘다. 병들어 힘없는 용왕이 저러다가 잘못되는 날에는 큰일인 거다.

이대작 문어가 부들부들 떨면서 토선생에게 한 발짝 다가선다.

"토선생, 흥분을 가라앉히고 내 말을……."

"가까이 오면 용왕의 수염을 그대로 뽑아버리겠소!"

이대작 문어가 손사래를 치며 두어 걸음 물러나자 이번에 저대작 조기가 나선다.

"용왕님을 도우러 오셨으니 흥분을 가라앉히시고 내 말을……."

"용왕님을 도우러 온 나를 왜 죽이려 하는 것이오?"

그 말을 할 때까지도 토선생은 설마 자신이 죽게 된다는 걸 알지 못했다.

"죽이려 하는 것이 아니라……."

고대작 준치가 말을 못 하자 다시 이대작 문어가 나선다.

"우리가 토선생을 죽이려 하다니요. 당치 않은 말씀을! 우리는 다만 용왕님의 환후 쾌차를 위해 토선생의 몸에서 간만 빼내어서……."

"간을……?"

다시 나서는 이는 고대작 준치다.

"토끼 중에서도 토선생은 달나라에 있다 육지로 내려온 몸으로서 달빛에 그을리고 달빛 어린 육지의 호수에서 자주 몸을 씻은

덕에 간에 영험한 기운이 쌓여 있어 신비로운 효험이 생겨나 있다 해서……."

"그만, 그만두시오!"

토선생이 소리지르는 통에 용왕이 수염이 당겨져 아, 아 소리를 낸다. 토선생은 자신의 잘난 머리가 그렇게 빠르게 회전할 줄 예전에 미처 몰랐다. 별주부 일행이 자신을 찾아와 그토록 간절하게 용궁으로 함께 가자 한 이유가 바로 그것이었던 거다!

내 배를 갈라도 좋으나

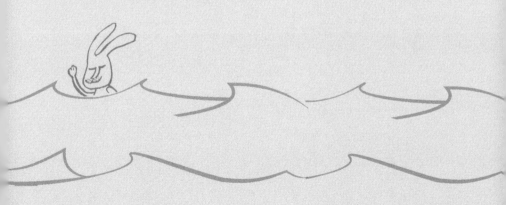

"별주부! 별주부!"

토선생이 미친 듯이 별주부를 외쳐 부른다. 내전에서 내지르는 토선생의 절규 때문에 용왕전은 물론이고 그 바깥 용궁전까지도 쥐죽은 듯이 조용해져 있다. 여기저기 별주부의 행방을 찾는 눈초리만 오고 간다. 그러나 별주부도 없고 함께 토선생을 데려온 구주사를 비롯한 자라·거북·방게의 모습도 보이지 않는다.

"나는 육지에서 이곳저곳 길생국을 돌며 그 나라 왕에게 치세의 도를 들려주고 있는 선생이오. 별주부가 와서 말하기를 이곳 용왕님이 나라를 통치하는 법을 구하고자 나를 청한다 하여 그것이 바로 내가 할 일이다 하여 불원천리 멀다 않고 이곳에 왔소. 한데 이제 보니 그것은 말짱 거짓말이고 내 간을 빼내 용왕님의 환후를 고치는 약으로 쓰려 하다니요! 이는 대명천지에 암수를 구분 못 하고 먹기만 하고 싸기만 하는 달팽이 무리만도 못한 만행이 아니고 무엇이겠소! 무식이 천정을 찔러 하늘이 천벌을 내릴 종족이로고!"

토선생의 말이 이쯤에 이르자 용궁의 대신들도 더는 참지 못하게 됐다.

"저놈을 잡아서 우선 주둥이부터 막아야겠다! 어서 잡아라!"

이대작 문어가 소리쳤고 뒤이어 저대작 조기와 고대작 준치가 앞장섰다. 다시 금부도사 갈치가 수하를 거느리고 토선생에게 포위망을 좁혀 왔다. 하지만 토선생이 용왕의 수염을 붙잡고 있어 여전히 더는 접근을 못 하고 있다.

"네 이놈 토끼 놈아, 어서 그 손을 놓지 못하겠느냐!"

저대작 조기가 소리쳤다.

"가까이 오지 마라!"

토끼가 용왕의 수염을 잡아당기는 시늉을 하자 용왕의 입에서 에그그그그 하는 비명이 쏟아진다.

"내 몸속에 든 간이 용왕의 병을 낫게 하는 특효약이라 한 자가 대체 누구냐!"

"점괘에 밝고 박학다식한 눈먼 연어가 그리 하였다. 어서 그 손을 놓아라!"

고대작 준치가 대답했다.

"눈먼 연어라는 놈! 그놈부터 내 앞에 대령해라!"

토선생이 소리지를 때마다 용왕의 입에서 에그그 소리가 쏟아진다.

"눈먼 연어는 그 말을 하고 얼마 있지 않아 승천했으니 대령이고 뭐고 할 수가 없다."

저대작 조기가 말했다.

"지나가는 돌팔이 점쟁이한테 들은 말을 진실로 알아듣고 나를 잡아오다니 참으로 미개한 족속이로다!"

"어허, 그 손을 놓으라는데두!"

"가까이 오지 말라니까!"

"에그그그그……"

대신들이 하나씩 토선생에게 다가갔다 용왕의 비명을 듣고 물러서기를 몇 차례 했을까, 이번에는 토선생 입에서

"아, 아니, 이거, 아니……"

외마디소리들이 이어진다. 토선생 몸은 어느새 공중에 떠 있다. 누군가 토선생 몸을 들어 올린 것이다. 대신들도 예측하지 못한 일이다.

토선생을 붙들어 올린 자는 내전 한 귀퉁이에 자리해 있던 용왕의 아들 태자 용준이다. 그곳에서 어의들과 용왕의 환후를 걱정하고 있던 차였다.

"자, 어서 형틀을 준비하시오!"

용준의 외침에 금부도사 갈치와 수하들이 다가가 토선생의 사

지를 하나씩 잡고 용궁전 가운데로 끌어내린다.

"이거 놓지 못하겠느냐. 이 불한당들 같으니라구!"

토선생은 발버둥치지만 이제는 불가항력이다. 네 다리가 찢어나가는 듯하다. 아직도 어느 길생국에는 옛날 흉측한 도적들이 나라를 다스리던 때처럼 사지를 찢어 죽이는 형벌이 있기는 하지만 용궁이 바로 그런 곳인 줄은 몰랐다. 토선생은 갈가리 찢길 자신의 사지가 연상돼 미칠 것만 같았다.

그러나 토선생은 정신을 차린다. 산호랑이한테 잡아먹힐 뻔한 위기에서도 도망쳐온 토선생이다. 호랑이굴에 잡혀가도 정말 정신만 바짝 차리면 살 수 있는 것이다. 토선생은 한 번의 방심도 하지 않기 위해 마음을 다잡는다.

별주부는 어디에 있는 걸까? 이게 모두 용왕의 명령을 받은 별주부의 계략이란 말인가? 아니, 지금은 그런 걸 따질 때가 아니다. 용왕의 병을 낫게 하기 위해 필요한 것이 바로 토끼의 간이라는 거다. 그것도 달나라에 살다 육지로 내려와 신비한 호숫가에서 매일 밤 달빛에 몸을 그을린 토끼의 간 말이다.

— 난 달나라에서 산 적이 없어요! 그러니 제 간도 아무런 영험이 없을 거예요!

이제 와서 바른 말을 하면 알아들을까? 달나라에 살다 왔다는 얘기를 하고 다니니까 따르는 제자들도 더 많아지고 다른 길생들도 함부로 대하는 일이 없어졌다. 그 참에 더 잘난 말을 많이 하고 다니며 대접도 참 융숭하게 받았다. 맛난 것 얻어먹고 따뜻한 데서 잠도 잘 얻어 잤다.

― 다시는 거짓말을 안 할게요! 저는 그냥 평범한 토끼라고요! 간도 많이 썩었을 거예요. 제 간을 먹어봐야 용왕님 병이 낫기는커녕 더 악화돼 죽고 말 거예요.

이제 와서는 이렇게 바른 말을 하면 알아들을까? 여러 나라를 돌아다니다 보니 정말 어리석은 왕들이 많아서 그들을 곯려먹다 보니 그게 사는 재미이기도 하고 보람이기도 해서 그렇게 살아온 거라고 얘기하면 통할까?

― 눈먼 연어야! 내가 잘못했다. 어서 살아나서 내 간 얘기는 거짓이었다고 말해다오!

토선생은 형틀에 매이면서 사지가 떨어져 나가는 아픔에 눈물을 흘려가면서 생각에 골몰했다.

쓱쓱, 칼 가는 소리가 들려온다. 용궁전을 둘러싸고 있는 수많은 눈동자들이 토선생이 허옇게 드러낸 배를 보고 있다. 용왕은 쿨럭쿨럭 소리를 내며 어서 배를 가를 것을 재촉하고 있다.

"자, 어서 저자의 배를 갈라 간을 꺼내라!"

이대작 문어의 명이 떨어진다. 명을 받은 금부도사 갈치가 옙! 하고 대답하고 손뼉을 친다. 긴 칼을 든 갈치와 단도를 든 갈치가 토선생 곁으로 다가온다. 토선생은 긴 칼의 감촉부터 배에서 느낀다. 그 칼이, 그 칼이 들어오기만 하면 이제 끝이다. 토선생은 그

칼에 저항한다.

"클클클…… 클클클……."

토선생의 입에서 기이한 소리가 난다.

칼을 들이댄 갈치가 한 발 뒤로 물러선다.

"클클클…… 클클클……."

다시 한 번 토선생 입에서 희한한 소리가 새나오고 있다. 가만 보니 그게 웃는 소리다. 터져 나오는 웃음을 참지 못하고 배를 움켜잡고 몸부림칠 때 웃는 그런 웃음소리다. 칼을 든 갈치 둘은 물론이요 가까이서 지켜보는 금부도사도 난감해한다. 칼로 배가 갈리는 공포와 전율을 미친 듯이 웃으며 즐기고 있는 자는 본 적도 들은 적도 없는 것이다. 삼대작도 의아스러워 망설이는 동안 토선생의 웃음은 이제 여유롭기까지 하다.

"클, 클, 클, 클, 클, 클……."

모두들 의아스러운 표정으로 토선생에 시선을 맞추고 있는 상황이 돼버려서 참으로 난감해진다. 용왕은 어쩌는 수 없이 말했다.

"내 병 치료가 한시가 급한 것도 사실이나, 저 토끼가 어째서 저렇게 웃어대는지 연유나 알고 배를 갈라도 가르는 것이 좋겠다."

용왕의 명이 떨어지자 토선생의 몸은 비로소 잠시 자유를 얻는다. 물론 갈치 녀석들이 칼을 든 채 가까이 지켜보고 있어서 아까처럼 여기저기 깡충거리며 뛰어다닐 수는 없다.

"제 배를 갈라 간을 꺼내고 그 간으로 용왕님의 깊은 환후를 치유할 수만 있다면, 제가 이 한 목숨 바쳐 용왕님을 살리고 이 바다에 평화를 가져올 수만 있다면 기꺼이 배를 갈리우고 간을 내놓겠습니다."

온갖 나라를 다니며 이런저런 왕들을 만나고 이런 말 저런 말로 꾀어도 보고 위협도 가해본 토선생이다. 과연 자신의 말이 얼마나 통할지 모르지만 한번 승부를 걸어보는 거다. 눙치고 어르고 하면서 여유를 가져보는 거다.

"제 간으로 말씀드릴 것 같으면, 제가 달에 있을 때도 밤마다 떡방아를 찧으며 달의 기운을 듬뿍 받았고, 또한 땅으로 내려와 살 때도 밤이면 호숫가에 누워 달빛 아래 배를 내놓고 역시 달의 기운을 듬뿍 받았습니다. 제 간이라 제가 신비롭다 영험 있다 하고 자화자찬할 수는 없겠으나 만일 누군가 제 간을 요리해 먹는다면 아마도 어떤 약기운보다 더한 효험이 있을 것이라 생각합니다. 물론 그렇다 해서 제가 아무에게나 제 간을 잡수시라 내드리고 싶지는 않습니다."

용왕도 용준도 삼대작도 용궁전에서 구경하는 대신들도 조바심은 나는데 재촉은 할 수 없어서 가만히 듣고만 있다. 그러나 그런 중에도 반드시 성질이 급하고 공명심이 있는 자가 끼어 있기 때문에 말을 길게 늘여서 하더라도 귀에 쏙 들어오는 말을 슬쩍 끼워 넣어야 한다.

"제 간은 마땅히 용왕님 같은 훌륭한 분께만 드리고 싶지요. 그건 용왕님만을 위해서가 아니라 바로 여러분, 그리고 이 물생계 백성들 모두를 위하는 일이 되기 때문이지요. 그래서 오늘 제 배를 갈라 제 간을 깨끗이 내드리고 싶은데, 여기 계시는 모든 분들이 알지 못하는 비밀 한 가지가 있습니다."

— 비밀, 그게 뭐지?

웅성대는 소리가 들려온다.

— 토끼가 꾀가 많다더니 무슨 꿍꿍이속일까?

불신하는 소리도 섞여든다.

"저는 사실 지금 배를 가르지 않아도 머잖아 죽게 돼 있습니다."

토선생의 말에 여기저기서 실소하는 소리가 들린다. 그 말이 살기 위한 수작으로밖에 들리지 않는 거다.

"제 배를 지금 가르지 않아도 저는 여기서 보름만 더 살면 죽게 돼 있습니다. 그러나 제 배 안에는 간은 없습니다. 지금 제 배를 갈라 죽이든, 보름 뒤 제가 그냥 죽든 제 배 안에는 간이 없습니다."

다시 웅성대는 소리가 들린다. 그 소리는 점점 커지고 있다. 마침내 용왕의 입에서 고함이 터져 나온다.

"배를 갈라도 죽고 그냥 있어도 죽는다는 말은 무엇이고 어찌 죽든 네 안에 간이 없다는 것은 또한 무엇인가."

토선생은 다시 말을 잇는다.

"우리 토끼들은 예로부터 들에서 풀을 먹고 산에서 옹달샘을 마

시고 살아오는데 먼 길을 갈 때는 반드시 배에서 간을 꺼내 옹달
샘에다 씻어서 햇빛 잘 드는 곳에 널어놓고 다녀옵니다. 저도 집
을 나갈 때 간을 씻어 널어놓고 다니는데 이번에는 용궁의 용왕님
께서 인재를 구하신다는 별주부의 말을 곧이듣고 이곳에 와서 살
기 위해 간을 빼놓지 않고 오려 하였는데……."

"그런데?"

용왕의 몸은 이미 반쯤 일어난 상태다.

"그런데, 바다로 떠나오기 전에 저를 따르는 동족 무리들을 만
나고 말았습니다. 제가 늘 가르치기를 길을 나설 때는 반드시 몸
을 깨끗이 씻고 의관을 정제하고 나서라 가르친바 이들이 제가 먼
바다로 떠나는 것을 알고 제 몸을 씻어주게 되었습니다. 제 제자
들이 저를 받들어 씻어주는 정성이 얼마나 갸륵한지, 제가 그만
버릇대로 제 뱃속에서 간을 꺼내 햇빛 드는 곳에 널어놓았지 않았
겠습니까. 그리고 서로 이별의 아쉬움에 함께 부여잡고 울고불고
하다가 그만 간을 그대로 빼놓고 오고 말았습니다. 그걸 저도 까
맣게 잊고 있었는데 아까 저를 붙잡고 배를 갈라 간을 꺼낼 거라
는 말을 듣고서야 아차 싶어 실소를 금하지 못한 것입니다. 하오
나 저를 다시 육지로 보내주신다면 제자들을 탐문해서 제 간을 찾
아 다시 뱃속에 넣어 오겠습니다."

용궁전은 한동안 침묵에 휩싸인다. 아슬아슬한 시간이 흐르지
만 토선생은 끝까지 시치미 떼고 간을 두고 와 아쉽다는 표정을

짓고 서 있다.

그러고는 덧붙여둔다.

"제 말이 행여 조금이라도 의심이 되시면 별주부와 구주사를 불러 하문하심이 옳을 줄로 압니다."

토선생은 별주부와 구주사를 입에 올리면서 절로 어금니가 깨물어졌다. 얼굴을 보기만 하면 요절을 내고 싶어질 것 같아 간신히 분을 참아낸다.

별주부 일행은 토선생을 데려온 공으로 별관에 마련된 미식방에서 산해진미를 앞에 두고 실컷 먹고 마시던 중이었다. 별주부와 구주사도 웬만큼 취한 몸으로 용궁전으로 불려 들어갔다.

"이 자가 바다로 오기 전에 목욕을 하다가 간을 빼놓고 왔다는데 그것이 정말이냐?"

이대작 문어의 하문에 둘은 말문이 막혔다.

"간을 빼놓고 오다니요!"

"대체 그게 무슨 말씀이신지요?"

토선생은 둘이 취한 걸 보고 때를 놓치지 않고 몰아붙인다.

"별주부와 구주사는 나를 데리고 오는 날도 술에 취한 듯해서 제가 무슨 말을 하고 무슨 행동을 하는지 잘 알지 못하는 듯했습니다. 하여 그때 제가 바닷가에서 저를 따르는 제자들을 만난 일도 기억을 못 할 수도 있을 것 같습니다."

토선생의 말로 자신들이 궁지에 몰리게 될 것을 염려한 별주부와 구주사는 말문이 막힌다. 바다로 떠나오기 전에 토선생이 제자들한테 둘러싸여서 목욕을 한 것은 분명한 사실이다. 그런데, 그런데…… 그때 간을 꺼내 씻어놓고 다시 뱃속에 넣지 않았다는 건 정말 생각해본 적이 없는 일이라 어떻게 말을 해야 할지 알 수 없다. 그저 자신들이 임무 수행을 하던 중 술에 취해 사리분별을 못 했다는 누명부터 벗고 봐야 했다.

"그날 토선생을 따르는 무리가 있어 바닷가 방풍림 뒤에 욕탕을 설치하고 거기서 토선생의 몸을 씻기는 것을 보긴 했습니다."

"몸을 씻는 것을 보긴 했지만 자세히 볼 수는 없어서 그 안에서 무슨 일이 있었는지 알지 못하겠습니다."

"따르는 제자들이 스승을 생각하는 뜻이 어찌나 갸륵한지 스승을 깨끗이 씻겨서 보내고 싶어 하는 그 마음을 묵살하기 어려웠습니다."

"제자들이 둘러싸 있고 그 가운데서 한 제자가 스승의 몸을 씻기는데 마치 하늘에 치성을 드리는 듯해서 저희는 그저 멀찍이 떨어져서 기다리고만 있었습니다."

"토선생이 목욕을 할 때 토선생을 태워올 용수레를 다시 정비했지요."

"우리 일행의 몸 상태를 살피고 원행에 먹을 음식을 확인했습니다."

별주부와 구주사는 다투어 변명을 했다.

사태가 이렇게 되자 용왕으로서도 쉽게 판단을 할 수 없게 되었
다. 용궁전은 다시 웅성거리는 소리로 요란했다.

　─ 토끼의 배를 갈라 간이 있는지 없는지 알아보는 수밖에 다른
도리가 없다.

　─ 배를 갈라 간이 있으면 좋지만 없으면 토끼는 죽고 다른 토
끼를 구해야 하지 않나.

　─ 저 토끼가 살려고 꾀를 부리는 게 틀림없는데 그렇다고 배를
갈랐다가 간이 없으면 허사가 아닌가.

　─ 다시 육지로 보내주면 간을 뱃속에 넣어 오겠다니까 믿어보
는 수밖에 없지 않나.

　─ 별주부와 구주사가 제대로 임무를 수행하지 못했으니 다시
한 번 토끼를 데리고 가서 반드시 간을 넣는 것을 지켜보고 데려
오게 해야 해.

　─ 토끼가 수작을 부린 거라면 당장 그 자리에서 죽이고 간만
들고 오게 해야 하고.

　어수선해 있는 사이 어탑 곁으로 모인 용준과 삼대작이 함께 용
궁전으로 내려왔다. 그러더니 갈치들을 시켜 다시 토선생의 사지
를 붙잡게 했다.

　"이자의 엉덩이를 높이 쳐들게 해라!"

　태자 용준의 입에서 명이 떨어지자 갈치들이 토끼의 사지를 붙
들어 몸을 뒤집게 한다. 토선생이 발버둥치지만 어느새 엉덩이가

공중으로 쳐올려졌다.

"자!"

용준의 입에서 다시 명령이 떨어지자 어디서 대기하고 있었는지 몸이 가느다란 멸치 두 마리가 갈치의 팔을 타고 토선생의 엉덩이 위로 올라갔다.

"출발!"

쳐들린 토선생의 엉덩이 한가운데로 멸치 두 마리가 차례로 뛰어든다. 토선생이 발버둥치지만 때는 늦었다. 멸치 둘은 코를 막고 토선생의 항문 속으로 깊이깊이 들어간다. 어디가 어딘지 모를 어둠 속이지만 눈은 크게 떴다. 작은 눈이 감길 듯 감길 듯하다.

꼬인 창자 속에서 온갖 액체가 쏟아진다. 그럴 때마다 토선생의 몸이 마구 뒤틀린다. 멸치들도 안에서 여러 번 몸을 구른다. 그래도 손을 뻗어 이것저것 만져보고 두드려본다. 물렁한 게 있고 딱딱한 게 있고 빈 데가 있고 꽉 찬 데가 있다. 그걸 하나하나 짚어간다.

그때다. 토선생의 몸이 심하게 뒤틀리면서 뭔가 미끈한 게 안에서 밀려나온다. 멸치 둘은 갑자기 코를 움켜쥔 채 하염없이 밀려나고 있다.

"아, 냄새!"

멸치 둘이 토선생의 항문 밖으로 밀려나오면서 소리를 질렀다. 그 소리보다 더 큰 소리가 토선생 몸에서 몸 밖으로 튀어나간다.

뿡!

방귀다. 오래 참은 요란한 방귀다.

잠시 뒤 그 소리보다 더 고약한 냄새가 용궁전 안에 가득 퍼져
간다.

누구는 강경하고
누구는 신중하니

"대신들은 내일까지 각 부처별로 토끼의 말을 믿어야 할지 말지 논의해서 뜻을 밝히도록 하라!"

용왕은 이렇게 말하고 자리에 눕고 만다. 수염을 오래 잡혀 있은 데다 토끼 놈이 뀐 방귀 냄새가 지독해서다.

만조 백관들은 본궁 밖 백관 거리의 각 청으로 흩어져 밤이 새도록 논의를 거듭했다. 부처마다 두 패가 팽팽했다.

"저놈 토끼는 거짓말을 하고 있는 게 틀림이 없습니다. 당장 배를 갈라 간을 꺼내야 합니다."

이렇게 주장하는 강경파가 한 패다. 다른 한 패는 말할 것도 없이 신중파다.

"저 토끼는 예사로운 토끼가 아닌데 섣불리 배를 갈랐다가 정말 간이 없으면 그때 이미 죽어버린 토끼를 아까워해본들 아무 소용이 없습니다.”

용왕을 가까이 만나고 있는 당상관들부터 용궁 밖을 지키는 말직 물생에 이르기까지 모두 그랬다. 하나가 강경이면 하나가 신중이다. 열두 말관 중에서는 깔따구·개불·노래미·전갱이·쥐치·아귀가 강경이요 곰치·가오리·정어리·자라·거북·방게가 신중으로 6대 6이다. 구청관 중에서는 장어·새우·서대·금치·뱅어가 강경이요 멸치·삼치·꽁치·쭈꾸미가 신중으로 5대 4다. 팔중관 중에서는 숭어·굴·조개·청어가 강경이요 백어·도미·도루묵·물개가 신중으로 4대 4다. 칠상관 중에서는 은어·농어·우럭이 강경이요 방어·민어·청새치·홍어가 신중으로 3대 4다. 결국 강경과 신중이 18대 18로 동수가 되었다.

이러니 팽팽할 수밖에.

이튿날 삼대작은 각 부처에서 올라온 결과를 받아 든다.

“팽팽하구나, 팽팽하구나!”

이대작 문어가 탄식한다. 결국 삼대작이 결정을 내려야 할 상황이 됐다.

“저는 저 토끼 놈이 꾀를 부리고 있다고 생각합니다.”

저대작 조기는 강경파였다. 반면 고대작 준치는 신중했다.

“저 토끼가 꾀가 많아 보이기는 하나 거짓을 말하는 것 같지는 않습니다.”

올 것은 언제라도 오고 만다. 이대작 문어는 넓은 이마를 손으로 다 가렸다. 용왕 곁에서 수십 년 당상으로 일하면서 용왕이 정한 일을 따르는 일에는 아주 익숙한 이대작 문어다. 바로 그 때문에 이대작의 자리에 수십 년 앉아 있는 거다. 이대작 문어는 하급 관리 시절부터 자기 주장을 내세우다가 밀려난 대신들을 눈여겨보아왔다. 자리를 보전하는 길은 상관의 뜻을 받드는 데 있다는 걸 이대작은 일찌감치 깨달았다. 그렇게 이대작까지 올라왔고, 그렇게 이 자리를 지켜냈다.

결정, 그건 정말 괴롭고 위험한 일이었다.

"이대작은 어떻게 생각하시오?"

용왕은 답답하다는 듯이 가슴을 치며 이대작 문어를 다그쳤다. 그 말이 떨어지는 순간 이대작 문어의 머릿속에 묘수가 떠올랐다.

"이번에 토끼를 데려온 관원은 별주부입니다. 지금으로서는 용궁에 와 있는 토끼를 가장 잘 아는 자는 별주부뿐이옵니다. 어제 별주부는 토끼가 간을 두고 왔다는 말을 듣고 얼떨결에 대답하고 말았사오나 하루 쉬었으니 의견이 있을 것입니다."

"그렇구나. 어서 별주부를 불러들여라."

용왕의 명이 떨어지기 무섭게 저대작 조기가 나선다.

"토끼를 데려온 공을 세운 것이 별주부뿐 아닙니다. 별주부를 보좌하고 함께 돌아온 구주사에게도 함께 하문하심이 옳겠습니다."

고대작 준치도 이럴 때는 빠지는 법이 없다.

"별주부가 가장 큰 공을 세웠고 구주사 또한 공이 그것에 못 미칠 바 없습니다. 그러나 이 둘 모두 토끼에게 간이 있는지 없는지 모르는 채로 데리고 온 어리석음을 어쩌지 못했습니다. 둘 모두 영민하지 않으니 함께 간 자라·거북·방게 모두를 불러 하문하심 이 옳을 듯하옵니다."

들고 보니 누구 하나 틀린 말을 하는 이가 없다. 용왕은 머리가 지끈지끈 아파온다. 이 용궁에 똑똑한 신하들이 이리 많은데 어째 서 토끼 간 하나 눈앞에 보이지 못하는가 싶어 한숨도 절로 나온다.

별주부는 새벽까지 잠을 이루지 못했다.

원래 별주부 일행은 토선생을 데려온 공으로 용왕이 하사한 술 과 음식을 마음껏 먹고 한잠 늘어지게 잘 참이었다. 그러고 나면 용왕께서 또다른 선물을 내려줄 것이라 기대했다. 그 선물을 안고 집으로 돌아가면 될 거라 생각했다. 토선생에게는 평생 죄를 지었 다 생각하고 살아갈 거라 생각했다. 그러나 천만뜻밖의 일이 벌어 진 것이다. 토선생이 목욕을 하면서 간을 빼놓고 왔다는 거였다.

"아, 그게 무슨 말이지?"

별주부는 생각이 복잡해졌다. 당장 '그건 거짓말이야!' 하고 내 뱉어지다가 갑자기 말문이 막혀버린다. 그보다는 한숨이 크게 내 쉬어진다. 마음 한구석에 내내 토선생한테 미안한 마음이 있었던 게 분명했다. 그러다 문득

— 간을 빼놓고 왔다! 이거 토선생이 아니면 그 누구도 못할 말 이 아닌가!

이런 감탄도 했다.

반면에 구주사는 달랐다. 토끼를 데려와 용왕에게 바친다는 단 하나의 목표를 위해 몸과 마음을 다 바쳐 결국 그 일을 해내고 만 구주사가 아닌가. 임무 수행을 완벽하게 해낸 구주사는 용왕이 하사한 술과 음식을 먹고 방심하고 있다가 토끼가 간을 빼놓고 왔다는 기상천외한 얘기를 들었다. 토끼가 바닷가에서 목욕을 한 사실을 인정하는 순간 구주사는 그만 판단력이 흐려져버렸다. 빨리 변명을 해서 만에 하나 자신을 향할지 모를 엄벌을 피하기는 했다. 그러고 나니 구주사는 새록새록 화가 치밀어올랐다.

"토승 그놈이 꾀를 부리고 있는 게 분명합니다. 용왕님께 알려서 당장 배를 갈라보게 해야 합니다."

구주사의 얼굴이 우락부락하다. 죽을 고생 해가며 토끼를 잡아와 이제 논공행상에 이름이 오를 거라 기대하고 있던 차에 이런 날벼락이 없다.

별주부가 구주사의 얼굴을 보고 짐짓 말을 흘려본다.

"토선생의 꾀가 보통이 넘는 건 알지만 간을 빼놓고 왔다니 참으로 기상천외한 말 아닌가."

"그러니까 기상천외한 꾀라는 겁니다. 멀쩡히 잘 살고 있으면서도 이 나라 저 나라 다니면서 잘난 척 지껄이다가 죽을 고비를 넘기곤 하는 놈인데 이제 죽을 목숨이 된 때에 이르렀으니 당연히 희한한 꾀를 부리고도 남지요."

"그렇다고 그냥 배를 갈라볼 수도 없지 않은가."

"갈라보는 게 아니죠. 그냥 가르면 그 안에 간이 있을 것입니다! 그놈이 살기 위해 꾀를 부리는 거라구요!"

구주사는 제가 나서서 칼질을 할 듯 육지에 갈 때 용왕에게 하사받은 칼을 다시 꺼내 들어 보였다.

"토선생 말을 믿지 못하겠다고 해서 배를 갈랐다가 배 안에 정말 간이 없으면 용왕님의 병을 낫게 하는 방도도 사라지는 게 아닌가."

"믿지 못하니까 당연히 배를 가르면 되지 망설일 필요 없습니다."

별주부와 구주사의 뜻이 갈리자 이들과 함께 육지에 다녀온 자라, 거북, 방게 들도 서로 뜻이 엇갈렸다. 하나가 강경파면 다른 하나는 신중파다.

이들은 용왕 앞으로 불려가도 마찬가지였다.

"토선생처럼 달빛으로 몸 깊은 데까지 그을려 내장을 은은한 기운으로 가득 채운 토끼는 없습니다. 육지에 사는 다른 토끼를 아무나 붙잡아 와서 될 일이 아니기 때문에 토선생의 말을 믿고 얼른 육지에 가서 가져오게 할 수밖에 없습니다."

"아닙니다. 이자는 평생을 말하는 것으로 먹고살고 있습니다. 감언이설에도 능하고 촌철살인에도 능하고 스무고개에도 능하고 고사성어에도 능합니다. 간을 육지에 빼놓고 왔다는 말 정도는 얼굴 표정 하나 변하지 않고 할 자가 분명합니다."

용왕의 병은 내일을 알 수 없는데 신하는 신하대로 용왕은 용왕대로 결단을 내리지 못하고 있는 셈이다. 이를 두고 더는 보지 못하겠다는 듯이 나선 이는 용왕을 곁에서 보좌하던 태자 용준이다.

"육지에서 온 입 큰 토끼가 꾀가 많다고 합니다. 한데 과연 그 꾀가 잔꾀에 불과한 자라면 간을 육지에 두고 왔다는 말도 잔꾀로써 위기만 넘기자는 심사였을 것입니다. 반대로 눈앞의 일을 두고 수작이나 부려서 작은 이득이나 취하고 다니는 자가 아니라 살아가는 일에 대한 신중하고 진중한 계책을 아는 자라면 간을 육지에 두고 왔다는 말은 참으로 믿음직한 말이 될 것입니다."

"그래서 어쩌자는 말이냐?"

용왕은 모처럼 소신을 밝히고 있는 태자 용준에게 공연히 짜증을 부린다.

"우리 용궁에 있는 학자들에게 토끼를 시험하게 하면 토끼가 과연 학식이 있고 품격을 갖춘 자인지 알 수 있을 것입니다."

그러자 별주부와 구주사가 동시에 대답했다.

"그게 좋겠습니다."

별주부는 토선생이 하는 말을 듣고 감화를 받은 바 있고 구주사는 토선생의 말에 모욕을 당한 적이 있다. 둘은 제각각 자신의 뜻을 관철하기 위해 토선생을 다시 불러들여 시험하자는 데 동의했다.

용궁의 한갓진 방에 물러나 있던 토선생이 다시 불려나왔다. 용준이 나서서 토선생의 두 손을 잡아끌며 용왕 앞으로 데려온다.

"듣자하니 그대는 알고 깨친 것이 많아 따르는 제자가 많다고 들었소. 그뿐 아니라 육지의 여러 길생국 왕들에게 나라를 통치하는 방법을 설파하고 계신다는 얘기도 들었소. 기왕 바닷속 용궁까지 오셨으니 여기서도 그 통치술이라는 것에 대해 들려주셨으면 하오. 용왕님께서 궁금해하시니 잘 말씀해주시오."

용준의 말을 들은 토선생은 눈을 껌뻑거린다. 이건 눈앞에 벌어진 일을 서둘러 파악할 때의 버릇이다.

"언제는 제 배를 갈라 죽이려 하시더니 갑자기 통치술 얘기를 하라니 알다가도 모를 일이군요. 육생계의 길생국만 하더라도 수천 종족이 사는 나라도 있고, 변방의 끝을 모르는 나라도 있는데 어떤 나라의 통치술을 원하는 것이오?"

토선생은 거드름을 피워본다.

"토선생 같은 학식 높은 분에게 고매한 말씀을 듣기 위해 우리 용궁에서 가장 글을 많이 읽고 가장 많은 백관 자제를 가르치고 있는 학자 두 분을 불렀소."

용준은 일부러 토선생을 추어올리고는 편전에 기다리고 있던 정경박사 빙어와 인문학석사 잉어를 안으로 불려들였다.

정경박사 빙어는 토선생을 한 번 들여다보고는 피식 웃음을 흘린다.

"한 나라의 왕이 지녀야 할 가장 큰 덕목은 무엇이오?"

"그야 인정(仁政)이지요."

토선생은 단번에 답해버린다.

"인정이라는 어진 마음으로 나라를 다스려야 한다는 거 아니오? 하나 인정은 책 속에만 있지 현실에서는 실현 불가능한 이상 아니겠소? 힘이 없는 어짊은 사상누각이요 힘이 있는 어짊은 진정한 어짊이 아니지 않소."

"어짊이 있는데도 정작 인정에 실패하게 되는 것은 정명(正名)을 유지하지 못한 데서 연유하지요."

"인정은 왕의 것이라 할 수 있으나 정명은 왕만의 것이 아니지 않소?"

"왕은 나라를 이끄는 중심이지 나라의 중심은 아니오. 나라의 중심에는 백성이 있고 그것을 끄는 힘이 왕에게서 나오는 것이오. 백성이라는 나라의 중심을 끄는 데는 왕의 어진 마음이 없어서는 안 되고 그 어진 마음을 지키는 힘이 바로 정명이오. 왕이 백성을 바르게 끌려 할 때 모든 관원들이 직분을 다함으로써 그 끄는 힘이 강화되는바, 이것이 바로 정명이 되어 인정을 펼 수 있게 하지요."

토선생의 어김없는 답변에 정경박사 빙어가 끙, 하고 앓는 소리를 내는 사이 인문학석사 잉어가 나서고 있다.

"인정과 정명이라……. 말은 쉽지만 왕이 그런 단계를 지키는 것은 또한 쉬운 것이 아니오. 왕은 권력이 너무 커서 언제나 미혹에 빠지기 쉽소. 왕이 미혹에 빠지지 않게 하려면 어떤 태도를 견지해야겠소?"

"두 가지! 하나는 신하들과 백성들의 말을 귀기울여 듣는 청문(聽聞)이요 하나는 인재를 적재적소에 배치하는 인사(人事)요."

"청문과 인사를 통치의 원칙으로 세운다 하나 왕이 영민하지 않으면 모두 헛일 아니오?"

"영민한 왕은 과신이 지나쳐 청문을 가벼이 하거나 인재의 등용에 소홀히 해서 결국 국정을 제 맘대로 펼치다 실책을 거듭하는 예가 많지요."

"그렇다고 왕이 우둔해서야 쓰겠소?"

"물론 우둔한 왕이 나라를 망치는 예가 많지만 한편 아무리 우둔한 왕이라도 청문을 게을리하지 않으면 인재를 선별할 능력이 생겨서 인사를 잘 하게 될 것이오. 우둔하지만 청문에 힘써 인재를 적재적소에 쓸 수 있게 된 왕도 적지 않소."

이쯤 되자 석사도 박사도 처음과 달리 토선생의 말에 더욱 솔깃해진다.

이번에는 정경박사 빙어가 묻는다.

"토선생이 지금까지 만난 왕 중에서 가장 어리석은 왕은 누구였소?"

토선생은 한바탕 하품을 하고는 일부러 잔기침을 해서 물을 청해 마신 다음 대답한다.

"세상에는 어리석은 왕이 너무 많아서 모두 다 얘기를 하자면 이 밤이 다 새도 모자랄 지경이오. 내가 생각하는 가장 어리석은 왕은 어리석은 명령으로 신하들과 백성들을 괴롭히는 왕이오. 흠흠."

용왕이 들으라는 소리였건만 눈치 빠르게 알아채는 이는 대신들 중에도 몇 없고 용왕 역시 못 알아듣는 기색이다.

"얼핏 가장 어리석은 왕으로 떠올려지는 왕이 둘 있소. 하나는 정치를 잘못해 백성들로부터 손가락질받는 처지가 되자 이에서 벗어나려고 이웃나라를 침공한 왕이오. 마침 이웃나라가 힘이 없어 그 침공에서 얻는 바가 많은 것처럼 떠벌렸으나 실은 군수품을 대느라 백성들의 고충이 이루 말이 아니었고 처음에 승승장구하던 군사들도 추위와 굶주림을 견디지 못하고 병들고 죽고 하다가 결국 후퇴하고 말았소. 왕은 신하들이 배신을 할까 날마다 성을 옮겨 다니며 자다가 결국 미쳐버렸소."

"그런 왕이 길생국에 있었단 말이오?"

"내가 살던 나라의 옆 나라 이야기요."

"그럼 또 한 왕은 어떤 왕이오?"

"이 역시 내가 살던 길생국 옆에 있던 또 다른 한 나라의 왕 이야기요. 이 왕은 이웃나라가 쳐들어온다는 소문이 떠돌자 사신 둘을 보고 정세를 파악하게 했소. 돌아온 사신 중 하나는 적이 반드시 쳐들어올 거라 했고, 다른 하나는 쳐들어올 기미가 보이지 않는다 했소. 왕이 어느 쪽을 택한 줄 아시오?"

토선생이 도리어 질문자가 됐다. 토선생의 거침없는 화술에 끌린 인문학석사 잉어가 단번에 답했다.

"쳐들어올 기미가 보이지 않는다는 말을 믿었군요."

"틀렸소."

토선생은 고개를 절레절레 흔들었다.

"그럼 반드시 쳐들어올 거라는 말을 믿었다는 거요?"

정경박사 빙어가 되물었다.

"틀렸소."

토선생은 그리 대답하고는 혀를 쏙 내미는 것처럼 보였다.

"지금 우리를 놀리려는 게요?"

정경박사 빙어가 발끈한다.

"천만에 말씀! 틀린 것을 틀렸다고 한 것일 뿐!"

"그럼 왕이 이웃나라 침공에 대비해서 잘 막아냈다는 말이오?"

"물론 아니지요."

"그렇다면 이웃나라가 안 쳐들어온다는 말을 믿고 전쟁에 대비하지 않았을 거 아니오. 그래서 토선생 나라 왕이 가장 어리석은 왕이라는 말을 하려는 것이 아닌 게요?"

정경박사 빙어도 논리에 뒤질 리 없다.

"지금 말한 나라의 왕이 가장 어리석은 왕이라는 것은 틀림없는 사실이지요. 다만 그렇게 된 것은 그 왕이 어느 신하의 말을 잘 들어서가 아니었어요. 왕은 두 사신의 말을 전혀 듣지 않았소. 당초부터 왕은 이웃나라의 침공에 대비할 생각이 전혀 없었던 게요. 말로만 걱정하는 척하고 이웃나라에 사신을 보내 침공 분위기를 살펴보게 했지만 두 사신 누구의 말도 들을 생각이 없었던 겁니다."

토선생의 말에 박사와 석사는 슬쩍 용왕 쪽을 살펴봤다. 토선생의 말이 용왕을 두고 하는 말 같아서였다. 그러나 이번에도 용왕은 토선생한테 신경이 가 있을 뿐 나누는 대화 내용에 대해서는 관심이 없어 보였다.

"그래서, 그래서 전쟁이 일어났나요?"

"그렇지요. 한 나라는 이웃나라에서 침략할 거라는 얘기를 듣고도 전혀 대비하지 않고 있다가 침략을 당해 국토 전체가 폐허가 되었고, 자기 나라의 문제점을 침략전쟁으로 희석시키려 이웃나라를 침략한 나라는 침략전쟁에 물자를 대느라 나라 경제가 쑥밭이 됐고 왕은 미쳐 신하들에게 쫓겨나버린 뒤 전쟁이 절로 멈춰졌지요. 모두 어리석은 왕 때문에 전쟁이 일어나 엄청난 피해가 생긴 겁니다."

박사와 석사는 다시 용왕의 관심을 다른 데로 옮기기 위해 다른 질문을 생각해본다. 침묵하는 사이 용왕이 자신을 놀리는 얘기로 알아듣고 진노할까 봐 마음이 조마조마했다. 아니나다를까 용왕이 토선생을 향해 일갈했다.

"네가 말 한번 잘하는구나!"

박사와 석사는 용왕이 화를 내는 것으로 생각하고 얼른 엎드려 머리를 조아린다. 용왕은 모처럼 입을 크게 벌리고 있다.

"네 입이 그렇게 크고 또 앞으로 튀어나온 것이 네가 말을 너무 많이 해서 그런 줄 알겠구나. 하하하……."

용왕의 웃음소리가 잠시 용왕전에 울려퍼졌다. 깊은 환후에 비해서는 생기가 도는 소리다.

박사와 석사는 처음에 토선생과 나누는 대화로 용왕의 마음을 움직여 장차 나라를 통치하는 데 도움을 주고 싶었다. 그러나 토선생이 꼽은 나라 망친 왕들 얘기를 할 때는 용왕이 제발 듣지 않기를 바랐다.

"푸하하하하……. 네 말하는 입을 보고 있으려니 정말 재미있게 생겨먹어서 웃지 않을 수 없구나. 푸하하하하……."

용왕은 통치술이니 뭐니 하는 데는 관심이 없는 존재다. 심각한 대화를 견디지 못하는 왕이 저렇게 오래도록 왕좌에 앉아 있으니 궁전에는 심각한 나라 일을 논하는 이 하나도 없다. 그걸 안 논하니 신하들도 그만큼 편한 거다. 어쩌다 논하기 시작하면 그 의견이 언제나 반반일 뿐 하나로 모아진 적이 없다. 그게 차라리 편한 거다.

용왕의 웃음은 이제 해맑기까지 하다. 토끼의 간을 먹기는커녕 보지도 못했는데 토끼가 하는 말만 듣고도 저리 기운을 내고 있으니 과연 토끼 간의 효험이 크다는 방증이려니 했다.

"제 입이 이리 큰 것은……."

일은 엉뚱하게 흐르고 있다. 입 크고 튀어나온 걸로 용왕에게 조롱을 당한 토선생의 반격이 시작되고 있는 것이다.

"남의 입 생긴 것을 가지고 저리 크게 웃을 수 있으니 용왕님은 과연 제가 생각한 이상으로 큰 어른이십니다. 하온데 제 입이 이런 모양이 된 것은 다 깊은 연유가 있어서라는 걸 아셔야 합니다."

박사와 석사는 토선생을 가로막으며 말을 진정시키려 했다. 그러나 용왕이 앞섰다.

"네 입 모양이 그리 된 깊은 연유가 있다? 푸하하하, 그것도 재미있겠다. 어서 말해봐라."

"저는 말하는 재주가 좀 있기는 하나, 원래 이 입의 재주는 따로 있습니다."

"그래, 그래, 어서 말을 해보라니까!"

"제가 여러 나라를 돌면서 왕들을 만날 때마다 이 입으로 말하는 외에 하는 일이 따로 있지요."

"그래, 그것이 뭐냐니까?"

"왕의 아들딸 중에는 그 나라 각 지방에서 올라오는 온갖 진기한 음식을 먹은 몸에 부스럼이 나는 예가 많습니다. 제가 그 왕자와 공주의 몸에 부스럼 난 데에 이 입을 갖다 대면 며칠 뒤 부스럼이 신기하게도 말끔히 낫게 됩니다. 제가 이 나라 저 나라 가는 곳마다 왕자 공주를 이 입으로 치료하다 보니 이렇게 입이 자꾸 앞으로 튀어나오게 된 것입니다."

"오, 과연!"

용왕의 입에서 탄성이 터진다.

"네가 재주가 많은 줄 알겠구나!"

용왕은 여러 번 고개를 끄덕여 탄복하더니 잠시 표정이 어두워진다. 그러더니 놀랍게도 토선생에게 손짓을 해서 가까이 다가오게 한다. 토선생은 이게 무슨 일이냐는 듯 좌우를 둘러본다. 어리둥절하기는 박사와 석사를 비롯해 도열한 삼대작도 마찬가지다.

"이리 가까이 오라는데도."

용왕이 다시 손짓하자 보다 못한 용준이 막아선다.

"아바마마, 저놈이 또 아바마마한테 무슨 짓을 할지 모르는데 가까이 오라 하심이 무슨 연유이신지요?"

"오늘 들어보니 저 토끼가 예사로운 토끼가 아님을 알지 않겠느냐. 그래서 내가 긴히 부탁할 게 있어서 그러니 저 토끼를 내게 가까이 오게 하여라."

용준도 삼대작도 어쩔 수 없이 토선생에게 눈짓을 보낸다. 토선생은 짐짓 용왕의 몸에는 손도 안 대겠다는 듯이 뒷짐을 진다. 그러고는 일부러 팔자걸음을 걸어 용왕에게 다가간다. 용왕 가까이 다가선 토선생은 몸을 멀찍이 두고 상체만 수그려 귀를 용왕 입 가까이 가져간다.

용왕이 뭐라고뭐라고 지껄이는데 토선생은 그걸 처음에는 당장 알아들을 수가 없다. 공연히 귀만 간지러워 하마터면 깔깔거리고 웃을 뻔했다. 간신히 참으로 얘기를 듣는데 듣고 보니 이건 여간 심각한 일이 아니다.

끄덕끄덕, 토선생의 고개가 끄덕거리지만 얼굴은 새빨갛게 달아오른다.

— 아, 이거 어찌할까, 이거 정말 어찌할까.

토끼는 어쩌다가 일이 이 지경이 됐는지 어디 하소연이라도 실컷 했으면 싶어진다.

— 차라리, 차라리……

차마 더 생각하기는 어려우나 이건 그냥 배를 갈라 간을 꺼내주고 싶은 심정이 든다.

열째 마당

세상에는 이런 이별도 있다

"내가 겪고 보니 토선생은 예사로운 인재가 아니다. 몸에 간이 있으면 있다고 말할 위인이지 결코 몸 안에 있는 걸 빼놓고 왔다고 거짓말할 소인배일 수 없다. 토선생은 내가 부탁한 일을 한 치도 어김없이 거뜬히 해놓고도 그 흔한 공치사 한 번 하지도 않았다. 내 일찍이 저런 충성스럽고 재간 많은 신하는 처음 본다. 이 낯선 수중궁궐에 와서 저리 당당하고 저리 날렵한 것만 봐도 능히 짐작할 일 아니냐. 공연히 여기 오래 두었다가 육지에 빼놓고 온 간도 버리고 또한 토선생 몸도 상하면 이는 모든 걸 잃는 일일 것이다. 속히 육지로 보내 간을 가져오게 하는 것이 좋겠다."

용왕의 표정이 여간 삼엄하지 않다. 공연히 나서서 반론을 펼쳤다가 무슨 일을 당할지는 그동안의 경험으로 모두 알고 있다. 용왕의 명령에 반대할 뚜렷한 명분도 없다. 어차피 토끼 몸 안에 간이 있는지 없는지 아는 대신은 아무도 없는 거다. 더구나 용왕이 토선생을 전폭 신뢰하게 된 연유를 알게 된 대신들로서는 정말 더는 아무 말도 할 수 없다.

용왕은 여기에 한 수를 더 떠 아래와 같이 덧붙였다.

"이제 토선생의 충정을 모두 다 알게 된 이상 우리가 별주부 같은 하급 관원으로 모시게 하는 것은 배운 이로서 예가 아니다. 이번에는 삼대작이 함께 토선생을 모시고 육지에 다녀오도록 하라."

말이 떨어지자 무섭게 억, 비명 소리가 난다. 삼대작이 내는 소리다. 외마디 비명을 지른 입이 떡 벌어져 닫히기 어렵다. 한참 뒤 몸이 부들부들 떨리면서 겨우 말이 새나온다.

"아니, 용왕님을 가까이에서 보필하는 일이 저의 목숨보다 중요한 일이온데……."

이대작 문어가 간신히 몇 마디 내놓자 옆에 선 저대작 조기와 고대작 준치도 떨면서 말한다.

"저는 이미 나이가 있고 눈이 어두워 낯선 육지까지 다녀오다가 무슨 변고를 당할지……."

"저는 집에 연로하신 어른이 둘이나 계셔서 앞날을 알 수 없사온데……."

용왕은 이마를 짚으며 혀를 끌끌 찬다.

"짐의 병세가 날로 악화되면 장차 용궁의 앞날이며 운명을 알 수 없게 된다는 걸 어찌 모른다는 말인고. 쯧쯧, 우리 용궁에 충신들은 다 어디로 갔을꼬!"

용왕의 한탄에 삼대작은 어쩔 줄 모른다. 그뿐 아니다. 용왕전의 신하들이 모두 혹시라도 불똥이 자신들에게 떨어질까 안절부절 못하고 있다. 그들은 천생이 겁쟁이기도 했지만 육지에 다녀온 별주부 일행한테 산호랑이한테 잡아먹힐 뻔한 사연까지 들은 터라 두려움이 배가된 상태다.

용왕전 안은 용왕이 못마땅해하는 혀 차는 소리와 대신들이 몸을 떨며 공연히 헛기침을 해대는 소리로 채워진다. 이런 분위기를 깨뜨리는 자가 있다. 바로 토선생이다.

"여러 대신들께서는 무얼 그리 염려하십니까? 제가 길생국을 헤매고 다니는데 용케 알고 저를 찾아온 자가 누구입니까? 바로 별주부가 아닙니까? 제가 참 여러 나라를 돌았지만 별주부처럼 용맹스럽고 충성스러운 신하를 일찍이 본 적이 없습니다. 이번에 저와 함께 육지에 다녀올 관원으로 별주부보다 나은 적임자가 누가 더 있겠습니까? 공연히 시간을 허비하지 마시고 별주부에게 맡기심이 옳겠습니다."

용왕과 대신들은 토선생의 말에 모두 귀를 토끼 귀보다 더 쫑긋하게 세우면서도 의구심을 풀지 못한다.

"별주부는 토선생을 속여서 데려온 위인 아니오?"

"별주부는 용궁의 충신이기는 하나 토선생한테는 원수가 아니겠소?"

"무얼 믿고 또 별주부와 동행하려는 게요?"

삼대작의 말을 들은 토선생은 전혀 개의치 않는다는 듯이 웃음을 터뜨린다.

"별주부가 나를 속인 것이 어찌 자신의 영달을 위함이겠소. 그것이 모두 용왕님을 위하고 이 물생계의 화평을 바라는 마음에서 한 일 아니오."

삼대작이 다시 뭐라고 하는데 용왕이 손을 흔들며 막는다.

"아, 용렬하도다! 별주부는 토선생을 감언이설로 속여 용궁으로 데려왔으나 그 충정으로 토선생을 감동시켰다. 무릇 남을 아끼고 부모에 효도하고 나라에 충성하는 마음은 쓰면 쓸수록 주변에 널리 펼쳐져 나가는 법! 별주부의 충정이 토선생을 움직여 토선생을 만고의 충신으로 만들었도다! 어리석고 모자란 그대들이여, 부디 별주부의 충정을 배우고 토선생의 배포를 배워야 할 것인즉!"

용왕은 별주부를 불러들여 다시 토선생을 모시고 육지로 가서 토선생의 간을 찾아올 것을 명한다.

"분부 받들겠습니다."

별주부는 비장하게 답했다.

"별주부가 간다면 지난번에 동행한 구주사도 함께 가야 하지 않겠는가?"

용왕이 구주사를 거명하자 토선생은 황급히 손사래를 친다.

"구주사는 용맹하기는 하나 그 용맹이 지나쳐 툭하면 사나운 길생들에게 싸움을 걸어 하마터면 우리 모두 잡아먹힐 뻔한 적이 여러 번입니다. 다만 구주사가 지난번에 저를 여기에 데려온 공은 작지 않으니 후한 상을 내리시고 바다에 머물게 하심이 옳을 줄 압니다."

별주부와 함께 따라 나서려 용왕전에 들었던 구주사는 얼굴이 우락부락해졌으나 용왕 앞에서 감히 나서서 말하지는 못한다.

"삼대작은 별주부가 토선생을 모시고 육지로 편하게 다녀올 수 있게 모든 조치를 취하라. 더불어 토선생이 이번에도 토끼족들을 만나 빠져나오려면 비통하고 애절한 마음일 터인즉 토선생을 따르는 모든 토끼족들이 일생을 편히 지낼 수 있게 입고 먹을 수 있는 것들을 가득 실어 보내도록 하라."

용왕의 명령이 시원시원하다. 이것도 어찌 보면 토끼의 간이 지닌 영험이다. 잘 먹지도 못하고 그 좋아하던 유흥도 외면하며 살아온 게 지난 여러 달이다. 그런데 토끼가 오고부터 아연 생기가 돌고 있지 않은가. 예전 같지 않지만 소리를 지를 땐 그 소리가 용왕전 밖 용궁전까지 저렁저렁 울린다.

용왕의 대대적인 후원으로 토선생이 타고 갈 용수레가 다시 꾸며진다. 이번에는 구주사가 이끄는 거북 일행이 모두 남는 대신 자라 일행이 전보다 세 배로 늘어난다. 별주부 마을의 젊은 남녀들이 대개 다 모여들었다. 방게들도 땅에서 잘 견딜 만한 튼튼한 다리를 가진 자들로 새로 보강된다. 그중 우두머리가 방게주사가 되어 방게 일행을 이끌게 된다.

방게와 자라가 겹을 이루어 완성된 용수레가 이전과는 달리 호화롭기 그지없다. 수레 안의 객실도 몇 개나 된다. 용수레를 뒤이어 선물 보따리를 가득 실은 수레가 다섯 대가 따라간다. 그 수레 안팎이 용왕 처의 비원에서 피는 꽃들도 가득 메워졌다. 향기가 진동하는데 바다 물생들이 모두 취해 정신이 몽롱할 지경이다.

용수레가 떠날 차비를 갖춘 용궁 문 앞에는 용왕을 비롯한 대신들이 나와 손을 흔들고 있다. 비원에서 시녀들도 모두 나왔고 그 시녀들 사이 용왕의 어린 처 용비가 숨어 토선생이 떠나는 모습을 지켜본다.

용수레의 큰 객실에 앉은 토선생이 창으로 밖을 내다본다. 이제 다시 보지 못하는 진경의 용궁이다. 용왕과 대신들이 손을 흔들고 있고 그 뒤로 시녀들이 서 있다. 시녀들 사이에 용비가 서 있다. 눈물을 흘리는 듯하다. 토선생 눈도 붉어지더니 어느새 눈물방울이 맺힌다.

토선생과 용비는 서로 그렇게 쳐다본다. 멀어서 눈길을 서로 맞추지 못하지만 그 모습을 영원히 잊지 않겠다는 듯이 그렇게 보는 것이다. 눈물은 흐르는 대로 그냥 둔다. 눈물 속에서 아른아른 모습이 사라지고 있다.

세상사 묘한 것이다. 이 용궁을 벗어나기 위해 한 치의 빈틈도 없이 생각을 짜내느라 머리가 다 빠질 지경이었는데, 이 순간만은 그냥 여기에 내려 저 용궁의 비원으로 뛰어들고 싶다.

"시집 온 지 한 해가 채 되지 않은 처가 몸에 부스럼이 났다 하면서 도무지 몸을 보여주지 않는구나. 네가 그 입으로 낫게 해줄 수 있겠느냐?"

이것이 용왕이 귓속말로 토선생한테 청한 말이다. 토선생으로서는 곤혹스럽기 짝이 없는 청이었지만 용왕에게 신뢰를 얻는 길이 그 길밖에 없었다. 토선생이 마지못해 고개를 끄덕끄덕하자 용왕은 은밀히 시녀들을 불러들였다.

"토선생을 비원으로 모시고 가서 하나부터 열까지 온전히 다 수발해드려라."

비원은 들어가는 길목부터 꽃들이 만발해 있었다. 그 꽃들이 뿜는 향에 취해 발걸음이 안으로 내딛는 건지 밖으로 내딛는 건지 알 수 없을 정도였다. 토선생은 자신도 모르게 그 꽃을 만지면서 꽃잎을 한 장씩 뜯고 있었다. 꽃잎을 뜯을 때마다 음악 소리가 들렸다. 점점 정신이 혼미해져왔다. 온몸의 뼈가 그 자리에서 녹아내리는 듯했다. 어디선가 가야금 소리가 들리고 곧이어 고운 노랫소리가 들려왔다.

여기는 어디인가.
언젠가 와본 적이 있는 것 같은
꿈결에 한 번 다녀간 듯도 한

여기는 어디인가.

은은히 퍼지는 향기

아득히 들려오는 감미로운 목소리

연못에서 피어오르는 안개

당신이 거기 앉아 있네.

나는 걸어가네. 나는 꿈을 꾸네.

여기는 어디인가.

　그 노랫소리는 어느새 토선생의 입에서 불리고 있었다. 토선생은 노랫소리에 맞춰 꽃잎을 허공에 한 장씩 흩뿌렸다. 흩뿌려지는 꽃잎 속에 용비가 앉아 있었다.

거기 누가 오시나.

언젠가 한 번 본 적이 있는 것 같은

꿈결에 내게 다녀간 듯도 한

거기 누가 오시나.

흔들리는 꽃들 사이로

나직하게 들려오는 목소리

피어오르는 안개를 헤치고

거기 누가 오시나.

나는 당신을 보았네. 나는 꿈을 꾸네.

당신이 여기 오셨네.

꽃향기에 취하고 음악에 취해갔다. 꽃들 사이에 언뜻언뜻 몸을 드러내는 젊은 왕비에 모습에 취해갔다. 토선생은 취하면 취하는 대로 몸을 맡겨버렸다. 그러자 그 몸이 공중에 뜬 듯 어디론가 둥둥 떠나가는 듯한 느낌이 들었다.

— 여기가 어디일까?

바다인지 육지인지 몰랐다. 토선생은 나뭇가지에 누워 있었다. 아래는 강물이 흘러갔다. 물소리에 운율을 맞춰 흥얼흥얼 시를 읊조리는데 강물을 거슬러오르던 연어 한 마리가 길을 잃고 헤매는 모습이 보였다. 그걸 무시하고 다시 흥얼흥얼거리는데 연어가 길을 가르쳐달라고 소리쳤다. 토선생은 귀찮은 마음에 손가락이 가는 대로 방향을 가리켰다. 연어가 고맙다고 소리치면서 떠나갔다.

토선생이 알려준 대로 길을 떠난 연어는 발을 헛디뎌 폭포 아래로 굴러떨어져 정신을 잃었다. 그 뒤 연어는 바다로 떠내려가 상어에 이리저리 쫓기다가 심생국 깊은 곳에 이르렀다. 몸은 해지고 눈은 멀었다. 연어는 거지처럼 깊은 바닷속을 이리 헤매고 저리 헤매는 신세가 됐다.

— 아니야, 그 길이 아니야!

토선생은 그제서야 연어에게 손짓 발짓을 하며 그 길이 아니라고 소리쳤다. 그러나 그 소리는 연어에게 가 닿지 않았다. 토선생은 연어가 거지 몰골로 헤엄을 칠 때마다 소리치고 또 소리쳤다. 그 소리가 하늘에 닿아 온 누리에 메아리쳐졌다. 그러나 눈먼 연어는 그냥 바닷속을 헤맬 뿐이었다.

토선생은 그걸 보면서 하염없이 눈물을 흘렸다. 그 눈물을 비원에 들어서면서 딴 꽃잎으로 닦아냈다. 눈물이 흐르고 그 눈물은 꽃잎을 적셨다. 그렇게 젖은 꽃잎은······.

눈을 뜬 토선생은 깜짝 놀랐다.

눈앞에 용비가 하얀 다리를 허벅지까지 내놓고 누워 있었다. 눈물 젖은 꽃잎으로 용비의 몸에 난 부스럼을 하나하나 닦아주었다. 눈에서는 여전히 눈물이 흘렀고 꽃잎으로 그 눈물을 닦았으며 눈물 젖은 그 꽃잎으로 용비의 다리를 닦아냈다.

그 뒤 사흘을 더 그랬다. 비원에 들어설 때마다 토선생은 향기에 취하면서 꽃잎을 땄고 연어 생각이 났고 하염없이 눈물을 흘렸다. 눈물 젖은 꽃잎으로 용비의 다리를 닦아주었다.

드디어 용비의 다리에 난 부스럼에 딱지가 앉더니 그게 떨어져나가자 새살이 뽀얗게 올라왔다. 무엇보다 반가운 것은 얼굴에 도는 화색이었다. 용비의 얼굴이 환해지자 용왕도 기운이 샘솟는 듯했다. 토선생은 그 후로도 매일 비원에 들러 용비의 다리를 꽃잎으로 닦았다. 눈먼 연어 얘기를 하면서 또 눈물을 흘렸다. 때로 용비가 그 흐르는 눈물을 닦아주기도 했다. 일어나 가야금을 타면서 노래를 불러주기도 했다.

그대는 누구신가요?
내가 알지 못하는 먼 곳에서 와서
내 맘에 물결 가득 일으켜놓고
날 잠 못 들게 하는 그대는.
하는 말마다 재미있고
짓는 표정마다 새롭고
하는 짓마다 엉뚱한 그대는.

그대는 누구신가요?
내가 알지 못하는 먼 곳에서 와서
신비로운 기운을 가득 담아
날 잠 못 들게 하는 그대는.
오셨는데 안을 수 없고
가시는데 다시 오라고
붙잡을 수 없는 그대는.

　용비가 노래를 부르고 나면 토선생도 절로 노래를 흥얼거리곤
했다.

　여기는 어디인가요?

깊은 바닷속 용궁 안에서도

더욱 신비로운 빛깔이 나고

더욱 감미로운 목소리가 들리는.

들어오니 나가기 싫고

나가면 다시 오고파지는

거미줄처럼 날 옭아매는 여기는.

당신은 누구신가요?

내가 알지도 못한 곳

이 깊고 깊은 물속 세상에서

나를 기다리고 있었던 같은.

다시 못 올 줄 알면서도

다시 꿈꿀 수 없는 걸 알면서도

거미줄에 걸린 나비로 만드는 당신은.

  둘이 이렇게 지어 부른 노래가 몇 곡인지도 몰랐다. 용수레가
용궁해를 벗어나는 동안 토선생은 그 노래들을 되뇌며 말이 없다.
그 옛날 강으로 돌아오던 연어에게 길을 잘못 들게 한 일을 떠올
린다. 결국 그 벌로 별주부의 꾐에 빠져 용궁에 와서 배를 갈릴 위
기에 처한 거였다. 자신을 따르던 토정과 그 일행들을 생각해봤
다. 길생국의 독재자 산호랑이가 입을 벌릴 때 나던 악취도 생각

난다. 용궁에 와서 만난 숱한 물생들, 그들과 나눈 무수한 말들, 용궁에 와서 입에 대본 진귀한 음식, 별천지 같던 용궁의 분위기 그리고…… 여리디여린 용비의 몸에서 나던 향기도.

"큼……."

토선생은 누군가 들어오는 기척에 눈을 뜬다.

용수레가 출발한 뒤 한 번도 토선생 곁에 오지 않던 별주부다. 객실 밖에서 머뭇거리며 토선생의 동태를 살피고 있다가 겨우 틈을 보고 들어온 거다.

토선생은 별주부를 보자 내내 참아왔던 분노가 솟구쳤다. 토선생은 갑자기 분기탱천해 별주부의 멱살을 잡고야 만다.

"네가 날 꾀어 결국 내 배가 갈라지는 꼴을 보려 했더냐!"

아직은 바닷속이다. 이 용수레 안팎에는 자신의 배를 갈라 간을 꺼내 먹고 병을 나으려 하는 용왕의 신하들이 포진해 있다. 그래도 별주부를 보자 삭여오던 분이 다시 치솟는 건 어쩔 수 없다. 큰소리는 낼 수 없으니 손아귀에 더욱 힘이 들어갔다.

"어서 대답해봐! 대답해보라구!"

별주부는 캑캑거리면서도 애써 피하려 하지도 않는 듯하다.

"처음에 나를 데리러 온 놈이 네놈 자라 놈이 아니라 거북이 놈 구주사였다면 내가 그리 쉽사리 속아 넘어가지 않았을 것이다. 권세나 재물 따위에 넘어갈 내가 아니니까. 한데 별주부 너는 교묘한 말로 나를 끌어들였다. 내가 바란 것은 이 우주에 사는 모든 생명들이 진정 걱정 없이 살 수 있는 나라요, 그런 나라를 만들 왕을 내 손으로 만드는 거였다. 바로 자라 네놈이 그런 세계가 있다고 나를 현혹하지 않았느냐. 한데 내게 돌아온 것이 뭐냐. 나는 하마 터면 구중궁궐 수중 용궁에서 그만 불귀의 객이 될 뻔했다. 그것도 배가 갈려서 내장을 다 드러내고 그중에서도 간을 네 용왕이라는 작자에게 약으로 갖다 바치고 말이다. 어서 말해보거라. 너는 과연 나를 죽게 내버려둘 작정이었느냐?"

"사실은, 그게, 그게 아니라……."

별주부는 그제야 할 말을 해보려는 듯 멱살 잡은 토선생의 팔을 툭툭 쳤다.

"캑캑캑, 목 졸려 죽는 줄 알았네."

멱살잡이에서 풀려난 별주부는 기침을 해대다가 토선생 곁에 놓인 물을 청해 마시기까지 한다.

"목을 축였으면 어서 말을 해보거라. 그대는 정녕 나를 죽게 내버려둘 작정이었느냐?"

토선생이 윽박지르는데도 별주부는 쫓기는 기색이 아니다. 미안하다는 표정은 지우지 않았으나 웃음기마저 조금 감도는 그런 얼굴이다. 토선생은 그게 얄밉고도 의아스러워 이러지도 저러지도 못하고 씩씩거리고만 있다.

"내가 토선생이 죽기 바라다니요. 토선생은 이렇게 멀쩡하게 살아 돌아가고 있잖소. 그것도 육지의 어느 길생도 가보지 못한 용궁 구경 실컷 하고 바다에서 나는 가장 맛있는 음식을 먹고 백옥 같은 용왕 처와 살가운 시간을 보내고 가시는 거 아니오. 거울을 보시오. 지금 그 얼굴이 어디 죽다 살아난 얼굴인가 아니면 신수가 훤한 옥동자 얼굴인가."

"이놈 자라야! 그걸 말이라고 하느냐? 남의 목숨을 가지고 장난을 치는 게냐?"

토선생이 다시 별주부의 멱살을 잡았다. 이번에는 별주부도 손바닥으로 토선생을 확 밀어냈다.

"토선생, 여기서 이러면 아니 된다는 걸 모르시오? 여기는 아직 바닷속이잖소. 토선생을 태워 가는 일행들이 모두 내 부하들이오. 내 말 한마디면 토선생을 다시 용궁으로 데려가게 될 것이오."

용궁으로 다시 데려갈 수도 있다는 말에 토선생은 슬몃 기가 꺾인다. 그러나 그런 말에 밀릴 토선생은 결코 아니다.

"나를 용궁으로 그냥 데려간다구? 어디 그렇게 해봐라. 네 용왕이라는 자가 어서 옵시오 하고 반기겠나."

"반기시고 말고지요. 토선생이 몸에 간을 넣어 왔는데 얼씨구나 좋다 하고 춤추고 노래를 하지요."

"뭐라구?"

토선생은 별주부가 하는 말에 벼락이라도 떨어진 듯 소스라치게 놀란다.

"내가 내 몸에 간을 넣어 가다니 그게 무슨 소리냐?"

"쉿!"

별주부는 손가락으로 입을 가리는 시늉을 한다.

"여기는 아직 바다 한가운데요. 사방에는 모두 용왕의 신하들밖에 없소. 말조심하시오."

토선생으로서는 어안이 벙벙할 따름이다.

"아니, 그럼?"

토선생은 다음 말을 간신히 잇는다.

"다, 모두 다 알고 있었단 말이오?"

별주부는 희미하게 웃어 보였다. 토선생은 누군가 뒷덜미를 잡아당기는 듯한 섬뜩한 기운을 느꼈다. 별주부는 모든 걸 알고 있었던 것이다. 토선생이 간을 빼놓고 왔다는 말이 새빨간 거짓말이며 그 간은 토선생의 뱃속에 아주 가만히 들어 있다는 사실을.

"그렇다면 별주부는 무엇 때문에 나를 따라나섰소?"

토선생을 음성을 낮추기 위해 몸을 구부려 말했다.

"그거야 토선생이 용왕님 앞에서 내가 함께 가야 한다고 나를 콕 찍었으니까."

토선생은 침을 꿀꺽 삼키고 한동안 눈만 껌뻑이며 별주부를 쳐다봤다.

"이제 나를 어쩔 작정이오?"

"용왕님께서 토선생을 그리 신뢰하고 있으니 간을 뱃속에 넣고 다시 용궁으로 돌아가야지요."

"허! 기막히네, 정말."

별주부의 말에 토선생은 웃음을 흘리고 만다.

"사실 기막힌 건 그쪽이 아니고 나요."

"그게 무슨 말이오?"

"토선생은 언제 달나라에 다녀오셨소?"

별주부의 갑작스런 물음에 토선생은 숨이 턱 막힌다.

"그게, 그러니까 내가 아주 어렸을 적 일이라 기억이……."

별주부는 다 알고 있었다는 듯이 빙그레 웃다가 말머리를 돌린
다.

"토선생은 나를 어쩔 셈으로 나를 육지로 함께 가자 한 거요?"

별주부는 간단히 역습했다.

"그게 무슨 말이오? 지금 내 코가 석 잔데 별주부 걱정하게 생
겼소?"

"토선생이 다시 용궁으로 돌아가겠다고 할 리는 없을 것이고,
그리 되면 내가 토선생을 꽁꽁 묶어서 데리고 가거나 아니면 나
혼자 용궁으로 돌아가 토선생이 육지에 가자마자 그냥 달아나버
렸으며 사실 처음부터 간을 빼놓고 온 게 아닌데 거짓말을 한 거
라고 사실대로 아뢸 수밖에 없는 거지요."

"그렇게 되면 별주부는 무사할 수 있소?"

"하하, 토선생이 이제야 제 걱정을 다 해주시네."

별주부는 눈을 찡긋해 보이며 웃었다.

열한째 마당

더 이상은 속을 수 없다

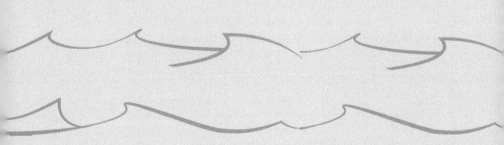

토선생이 토정 일행을 찾아낸 것은 육지에 닿은 지 닷새 뒤다.

용궁으로 떠나는 토선생과 이별한 토정 일행은 산호랑이 일당들에게 쫓겨 도망다니다가 얼생국 가까운 곳으로 숨어 살다시피 했다. 토선생이 나타나자 토정 일행들은 환호성을 질렀다. 게다가 진기한 음식과 옷을 몇 수레 분이나 안고 왔으니 기쁨은 몇 배 이상으로 컸다.

"토승님, 이게 꿈인가요 생시인가요? 이렇게 빨리 돌아오실 줄 몰랐어요."

"역시 우리에게는 토승님밖에 없습니다. 이제 우리는 먹고살 걱정을 할 까닭이 없겠어요."

"잘 오셨습니다, 정말 잘 오셨습니다. 토승님, 이제 영원히 우리 곁을 떠나지 않으셔야 합니다."

"빈 몸으로 오셔도 우리가 토승님만큼은 배불리 드시게 할 자신이 있는데 이렇게 많은 양식까지 가지고 오시다니요!"

토끼들은 정말 꿈인가 생신가 했다. 토선생은 자기 힘으로 양식을 재배하거나 구한 적이 없는 위인이다. 그저 말만으로 밥을 만들고 반찬을 만들고 거기 맛을 더하고 멋을 더했다. 먹을 것도 없는데 그게 다 무슨 짓이냐고 하던 토끼들도 있었다. 토선생은 그런 토끼마을에서 쫓겨난 신세다. 그러나 어린 토끼들은 달랐다. 배가 고파 하루종일 먹을거리만 생각하는데 겨우 먹을 것을 찾아내 입에 대고 보면 불현듯 토선생이 한 말들이 떠오르곤 했다.

― 먹을 때 남에게 뺏기지 않을까 허겁지겁 먹는 것만큼 부끄러운 모습은 없다.

― 하루 하나의 글귀를 생각해보지 않고는 한 숟가락도 먹을 수 없다.

― 먹으면서 지금 먹지 못하는 이웃을 생각하지 않는다면 그건 토끼가 아니다.

― 아무리 배가 고파도 종자까지 먹을 수는 없다. 종자까지 다 먹었다면 똥으로 싸서라도 종자를 땅에 심어야 한다.

어린 토끼들은 토승이 하는 말을 떠올리며 토승이 사는 집으로 하나둘 모여들었다.

토승은 어린 토끼들에게 글을 읽어주고 생각하는 법을 알려주었다. 토승이 이 나라 저 나라 떠돌아다닐 때면 어린 토끼들이 토승의 집에서 함께 지내며 토승에게 가르침을 받은 대로 살려고 애썼다. 토승이 돌아오지 않는 날이 오래되자 토끼들은 토승의 흔적을 찾아다니기 시작했다. 굶주리고 헐벗었으나 어린 토끼들은 행복했다. 토승의 흔적을 찾아다니며 가난 속에서도 내일을 생각하는 마음을 품고 살았다. 그렇게 다시 만난 토승을 용궁으로 떠나보내고 실의에 빠져 있던 토끼들은 이제 토승을 에워싸고 용궁에서 가져온 음식을 펼쳐놓고 밤이 깊어지는지도 모르고 이야기꽃을 피운다.

그러나 이들은 토승을 용궁으로 데리고 갔다가 다시 함께 나온 납작한 물생으로부터 이상한 말을 듣는다.

"토선생이 너희들을 다시 찾은 것은 너희들과 함께 다시 살기 위함이 아니다. 토선생은 내일 아침 다시 바다로 떠날 터인즉 너희들이 다시 토선생의 몸을 깨끗이 씻어드리도록 해라. 다만, 바다의 용왕께서 토선생 같은 훌륭한 분을 모셔가는 일을 고마워하시면서 너희들이 평생 먹고살 수 있는 양식을 선물로 주셨으니 앞으로 그걸로 잘 지내고 토선생일랑은 영원히 잊어버리도록 해라."

별주부는 토끼 일행들은 물론이고 함께 온 자라와 방게 무리에게까지 잘 들리도록 큰소리로 말했다.

"아니 이게 무슨 날벼락입니까? 등이 넙적하신 물생님, 지난번에도 이상한 말씀을 하시고 우리 토승님을 용궁으로 데려가시더니 이번에는 무슨 해괴한 말로 우리를 현혹하려 드시는지요? 지금 토승님께서 가져오신 이 선물은 토승님께서 용왕님께 좋은 말씀을 많이 하셔서 치세에 큰 도움을 드린 공으로 받아 오신 것이 아닌 건지요? 하나 토승님이 저희 곁에 없으시면 이마저도 아무 소용이 없습니다. 이 선물을 전해주고 토승님은 다시 모시고 갈 양으로 오신 거라면 잘못 생각하신 겁니다. 등이 넓적하신 물생님은 어서 이 선물을 가지고 그냥 돌아가주시기 바랍니다. 토승님 없는 세상에서 이따위 선물은 필요하지 않으니까요."

빈 구석 하나 없는 토정의 말이다. 둘러선 토끼 일행의 눈빛이 토정의 말에 신뢰를 더하게 한다. 그러나 별주부는 냉혹하다.

"참으로 순진한 토끼 청춘들! 너희들이 세상이 돌아가는 이치를 아직 잘 모르는구나. 깊은 바다에 사시는 용왕님께서는 온 세상에 비를 내리고 눈을 내리게 하는 영험을 지니신 분이다. 그런 용왕님이 토선생이 옆에 있기를 바란다는 것은 토선생이 온 세상을 위해 반드시 해야 할 일이 있다는 뜻이 아니겠느냐. 용왕님이 토선생을 그냥 곁에 데리고 계셔도 되지만 토선생이 너희들을 하도 보고 싶어 하니 한번 다녀오라 하시면서 보내주신 것이다. 그냥 보내주셔도 되는데 이 많은 선물까지 주셨으니 얼마나 아량이 넓으신 분이시냐. 토선생이 그런 분 옆에서 일을 도와 온 세상을 화평하게 하는 데 일조하시게 되었으니 너희로서도 영광으로 알 일 아니더냐."

별주부 말도 그럴싸하다. 그러나 토정도 지지 않는다.

"저희가 토승님을 따르는 것은 이런 선물을 기대해서가 아닙니다. 토승님은 우리가 해야 할 것을 바르게 짚어주시고 엇나가는 것을 제대로 바로잡아주시기 때문에 우리에겐 토승님 그대로가 큰 선물인 겁니다. 용왕님이 과연 이 땅에 비와 눈을 내리시게 하는 위대한 분이시라면 이미 모든 걸 다 가지셨을 테니 토승님을 모시고 갈 필요도 없지 않겠습니까? 그런 말씀은 더 하지 말아주십시오."

토정을 앞세운 토끼들의 기세가 대단하다. 별주부가 슬쩍 물러나듯이 말한다.

"너희들의 뜻이 그렇다면 나도 더는 어쩌지 못하겠다. 하나, 토선생의 뜻은 다를 수 있으니 토선생에게 물어보는 게 좋겠다."

토끼 일행의 눈길은 토선생을 향한다. 토선생은 짐짓 난감한 표정을 짓는다. 공연히 코를 킁킁거리고 누군가 보란 듯이 눈 한쪽을 찡긋해 보이기도 한다.

"아, 그러니까 나는 이제……."

하던 토선생은 갑자기 밖에 있는 자라들과 방게들까지 다 들으란 듯이 큰 소리로 말했다.

"내가 지금 몸을 씻어야 할 터인즉 다들 물러나 주시오!"

토끼 일행은 영문을 몰랐지만 토선생이 몸을 씻겠다고 하니 준비를 하는 수밖에 없었다. 별주부가 물러서서 나오며 자라와 방게들에게 넌지시 말을 건네둔다.

"토선생이 이제 몸을 씻으면서 간을 몸속에 넣으려 하니 다들 물러나거라. 오늘은 모두 편히 자고 내일 아침 일찍 바다로 떠날 것이니라."

토끼들은 영문을 제대로 알지 못한 채 목욕물을 준비했다. 탕에서 몸을 불린 토선생의 몸을 토정이 씻겨준다. 토정으로서도 도무지 영문을 모르는 일이다. 그러나 토선생의 몸을 씻겨주면서 마음이 편안해진다.

둘은 무슨 말인가를 주고받고 있다. 말소리가 물 붓는 소리에 섞여 무슨 말인지 알 수도 없다. 묻고 답하는 것 같기도 하고, 웃고 우는 것 같기도 하다. 간지럽기라도 한 건지 토선생의 희한한 웃음소리도 나고 토정 입에게서 아양 부리는 콧소리도 나온다.

"지난번에 꺼낸 내 간을 내 몸속으로 다시 넣어야 한다."

"몸속에서 간을 어떻게 꺼낼 수 있다는 말씀이신지요?"

"내가 길을 떠날 때마다 간을 몸속에서 꺼내 잘 씻어서 다시 넣는 줄 몰랐더냐?"

"제가 토승님의 팔 다리 머리 허리 배까지 잘 씻겨드린 적은 있어도 몸속에서 간을 빼내는 것을 보지는 못했습니다."

"허허, 큰일이구나. 그럼 그때 빼낸 내 간을 지금 누가 가지고 있다는 게냐?"

"정히 그러시다면 간을 새로 만들어드리지요."

귀를 기울이니 이런 말이 오가는 듯도 하다. 어떻든 둘이 묻고 답하고 묻고 답하고 놀라고 웃고 놀라고 웃고 그런다.

먼 데 사는 님 살려낼 약이 있었네.
그걸 여기에 두고 갔다는 말이지.
여기에도 없고 저기에도 없네.
그리 소중한 걸 알면서도
처음부터 몸에 잘 지니지 못했네.
꽃 피고 비 오고 낙엽 지고 눈이 오고
이제 와서 그 소중한 걸 다시 찾으니
그 소중한 것을 어디서 찾을 수 있나?

먼 데 사는 님 살려낼 약 있다는데
그걸 어디다 두었다는 말씀?
여기에 두었나 저기에 두었나.
그리 소중한 거라면 처음부터
몸에 잘 지니고 가야지.
꽃 피고 비 오고 낙엽 지고 눈이 오고
이제 와서 그 소중한 걸 다시 찾으면
그 소중한 것이 어디서 나오지?

밤새 이런 노래가 오간 듯도 하다. 밤은 그렇게 깊어갔다.

아침이다.

별주부는 누군가 깨우는 소리에 눈을 뜬다.

"별주부님, 이상합니다. 토끼들 자는 데를 가보니 아무도 없습니다."

"뭐라는 거냐? 토끼들이 어디로 갔다고?"

별주부는 수하들과 함께 토끼 일행의 침소로 달려갔다. 과연 토끼들은 흔적이 없고 급히 도망치느라 그랬는지 세간살림들이 여기저기 흩어져 있다. 그런 중에 용왕이 하사한 선물은 하나도 남김없이 다 가져간 듯했다. 용수레를 장식했던 꽃들까지 싹 없어졌다.

"아니, 이건 무엇이냐?"

별주부는 간밤에 토선생이 몸을 씻던 목욕탕에서 병 하나를 발견했다. 그 안을 들여다보니 주먹만 한 크기의 검붉은 살점 같은 게 들어 있다. 목욕탕 벽에 써 붙여놓고 간 글씨를 보니 그게 바로 토끼의 간이라는 거다.

"그래, 이것이구나!"

별주부는 주먹을 불끈 쥐며 소리쳤다. 그러고는 밖으로 나가 용궁에서 온 수하들을 한 자리에 모았다.

"모두 이것을 보아라. 이것이 우리 용왕님께서 찾으시던 토끼의 간이다. 이것만 있으면 용왕님의 환후는 이제 걱정이 없다. 다만 한시가 급하니 이 간을 가지고 서둘러 용궁으로 돌아가야 한다. 모두들 서둘러 귀향할 채비를 갖추어라."

그렇게 소리친 별주부는 방게주사를 따로 불렀다.

"방게주사는 이 간을 가지고 방게들을 모두 데리고 가서 용왕님께 바쳐라!"

"아니, 별주부님은 어떻게 하시고요?"

방게주사는 당연히 의문스럽다.

"이 간의 주인이 지금 자취를 감추지 않았느냐. 이 주인이 간을 내놓고 간 것을 보면 무슨 말 못 할 사연이 있을 것이니라. 내 그것을 알아내고야 말겠다."

"토선생은 간이 없으니 오래 살지 못할 것 아닙니까? 곧 죽을 토선생을 만나면 무슨 소용일지요?"

"토선생은 자기 간을 기꺼이 용왕님께 바친다 했다. 그런데 간을 바치고 몸은 숨겼으니 참으로 괴이쩍은 일 아니냐. 너는 용왕님께 가서 내가 반드시 토선생을 찾아서 데리고 가겠다고 아뢰어라."

방게주사는 어쩌는 수 없이 별주부가 건네주는 토끼 간을 안고 방게 일족들을 이끌고 바다로 떠났다.

방게 일족이 바다로 들어가 용궁 입구에 다다랐을 때 방게주사는 용궁 문에 내걸린 하얀 깃발을 보았다. 곧이어 하얀 꽃으로 둘러싸인 상여가 문밖으로 빠져나오고 있었다. 만조 백관들이 흰 관복을 입고 그 뒤를 따라나왔다.

용왕이 죽은 것이다.

토선생이 떠난 뒤 용왕은 어린 용비의 처소에 머물며 토선생이 돌아오기만을 기다렸다. 용비의 처소는 바다에서 피는 꽃으로 에워싸여 있었다. 어느 날 아침, 용비가 울면서 처소를 뛰쳐나갔다. 일어나 보니 용왕이 정원에 만발한 꽃밭에 코를 처박고 죽어 있었다는 거였다.

용왕이 죽자 태자 용준이 보위에 올라 새로운 용왕이 되었다. 새 용왕은 기우제를 지내는 섬으로 가서 자신이 용왕이 되었음을 하늘에 알렸다. 돌아오자마자 삼대작과 어의들을 불러 방계주사가 가져온 토끼의 간을 내보였다.

"토선생이란 자가 육지에 빼놓은 자기 간을 다시 몸속에 넣어 오겠다고 하면서 육지로 갔는데 이제 이 간만 보내고 도망을 갔다고 한다. 그럼 이 간만 하루라도 먼저 당도했다면 내 아버님을 살릴 수 있었다는 게 아니냐. 늦었지만 이 간이 진짜 간인지 알아는 봐야 할 게 아니냐. 어의들은 장갑을 끼고 이 간을 헤집어보아라!"

새 용왕의 간이 진짜라면 자신에게 닥칠지 모를 병을 대비해 남겨둘 작정이었다. 그럴 욕심도 있는 건 사실이었다. 그러나 그 간이 진짜 토선생의 간이라는 사실을 믿는다는 것은 아무래도 바보 같은 짓일 것 같았다.

약제청 약사 학꽁치가 병을 들고 어의청 의원 은대구가 그릇 하나를 받쳤다. 병 아래쪽으로 쏠리던 병 안에서 마침내 검붉은 덩어리가 그릇 위로 쏟아졌다.

"자, 어서 맛을 보고 그것이 과연 토끼의 간일지를 알아내보아라."

어의와 약사들이 둘러서서 손가락으로 간을 한 번씩 찔러본다. 물컹한 것이 마치 멍게 색을 띤 해삼 같았다. 어의와 약사들이 손가락 끝을 입에 대본다. 짭짜름하기도 하고 단맛도 조금 묻어났다.

"삼대작들도 맛을 보시오."

새 용왕은 스스로 간 맛을 보고 싶었지만 꾹 참는다. 삼대작들이 하나씩 그 희한한 간을 손가락으로 찍어 맛을 본다.

"원래 육생들의 간이 좀 비릿하다고 들었는데 이게 비릿한 맛이 나니 아마도 토끼 간이 맞을 것 같습니다."

이대작 문어가 말했다.

"물컹한 것이 이건 육생의 내장이 아니라 바다에서 나는 해산물이 아닌가 하는데 우리 바다에는 이렇게 생긴 것을 보지 못했습니다."

저대작 조기가 말했다.

"토선생은 달에서 살다가 육지에 내려간 특별한 육생이라 간도 여느 육생들과는 다를 것으로 압니다. 이것은 토선생의 간이 맞을 성싶습니다."

고대작 준치가 말했다.

새 용왕이 난감해하자 약제청 약사 학꽁치가 나선다.

"어젯밤 아프다고 약제청에 와서 약을 받아간 시녀가 둘 있는데 찾아서 이 간을 조금 떼어주고 먹으라 하면 어떨지요? 만일 토선생의 간이라면 금세 효과가 있을 것이고 없으면 토선생의 간이 아니라는 것을 알 수 있겠습니다만."

새 용왕은 어제 앓던 두 시녀를 불러들였다. 두 시녀는 영문도 모른 채 어의청장 학꽁치가 떼어준 이상한 고기 한 점을 입에 넣었다. 시녀들이 입을 오물거리면서 맛을 보고 있다.

"어떠냐?"

새 용왕은 조바심을 내며 물었다. 그런 순간이다. 두 시녀의 입에서 우웩 하는 소리가 나더니 순간 두 입에서 모두 입에 넣은 간 조각이 튀어나왔다.

"에그머니! 용왕님 앞에서 큰 실수를 저질렀습니다. 죽여주시옵소서. 음식 맛이 하도 어색해서 그만……."

"상한 냄새가 나서 구역질이 나고 말았습니다. 감히 용왕님 안전에서 더러운 것을 토하고 말았습니다. 죽여주시옵소서."

두 시녀가 안절부절 못하자 새 용왕은 화가 머리끝까지 치밀어오른다. 토끼 간을 직접 손으로 찍어서 냄새를 맡아본 새 용왕은 화가 머리끝까지 치밀어 올랐다.

"이렇게 상한 것을 두고 간이니 어쩌니 한 너희 삼대작이 모두 죄인이다. 대작들이 모두 그놈 토끼를 살려 보내도 좋다고 하는 바람에 우리 용궁이 그 사악한 토끼 놈한테 보기 좋게 속아버린 게 아니냐."

방게주사가 가져다 바친 토선생의 간은 결국 가짜로 밝혀진다. 그러는 중에도 삼대작들은 토끼를 육지로 돌아가게 둔 것이 각자 탓이 아니라는 뜻을 밝히는 데 급급했다.

새 용왕은 그제서야 토끼가 용궁에 와서 한 모든 행동을 떠올리며 치를 떤다. 토끼가 간을 몸에서 뺐다 넣었다 할 수 있는지는 모르겠지만 이렇게 간을 보내버리면 자신도 오래 살 수 없을 것이다. 진짜라면 이렇게 보낼 리가 없는 것이다. 게다가 토끼가 살자고 했으면 그냥 달아날 일이지 굳이 간이라 하면서 보내온 것은 필시 용궁과 용왕을 업신여기고 곯려주려는 뜻이 분명했다.

새 용왕은 이튿날 의관을 정제하고 용궁전에 우뚝 섰다.

"오늘날 우리 용궁은 너희들이 선대 용왕님을 잘못 보필한 죄로 육지에서 온 그 악귀 같은 토끼 놈한테 농락을 당하고 말았다. 삼대작부터 모두 큰 죄인이라 죽어 마땅하나 그동안 녹을 먹은 세월이 있으니 차마 그러지는 못하겠구나. 집에 물러나 쉬도록 하고, 그 자리에 칠상관 중 황상관 우럭, 팔중관 중 도루묵과 청어를 각각 이대작·저대작·고대작의 자리에 앉히도록 해라."

새 용왕은 인사는 파격적이다. 새 용왕은 칠상관 즉 적상관 홍어·주상관 방어·황상관 우럭·녹상관 농어·청상관 청새치·남상관 민어·보상관 은어 중에서 서열 세 번째인 우럭을 이대작으로 올렸다. 그뿐 아니다. 팔중관 중 서열 7위 도루묵을 저대작으로, 같은 팔중관 중 서열 4위 청어를 고대작으로 삼았다. 팔중관이면 용궁의 상급 관원이기는 해도 용왕전의 내전 근처에는 얼씬도 못하는 직위인데 그 자리에서 최고위 삼대작 중 하나인 고대작이 됐으니 엄청난 파격이다.

칠상관 중 서열 1위인 홍어가 구청관으로 내려앉고, 구청관 장어가 그 자리에 오르고, 칠상관 중 5위인 청상관 청새치가 팔중관으로 내려앉았다. 열두 말관 노래미가 팔중관으로, 구청관 새우가 열두 말관으로, 팔중관 조개가 구청관으로 각각 자리를 옮기기도 했다. 용궁의 일반직 관원들은 전원 인사이동인 셈이다.

서열이 마구 뒤엉기다 보니 용왕도 헛갈리고 명을 받아 적는 승지들도 반쯤 혼이 나갔다. 깔따구·개불·전갱이·쥐치·아귀, 곰치·가오리·정어리·자라·거북·방게·장어·서대·금치· 뱅어·멸치·삼치·꽁치·쭈꾸미·숭어·굴·백어·도미·물개·은어·농어·방어·민어 등이 용궁 안을 왔다갔다 하느라 하루종일 정신이 없다.

삼대작은 눈물을 흘리면서 절을 하고 뒤로 물러났다. 새로 삼대작에 오른 홍어·은어·우럭이 앞으로 나아가 절을 한다.

"신대 용왕님이 용비의 처소에서 붕어하셨으니 그 처소를 폐쇄하고 여자는 용궁 밖 망루로 유폐시켜라."

죽은 용왕의 어린 처 용비가 실은 도망간 토선생을 그리워하고 있는 거라고는 차마 말하지 못했다. 다만 망루에 유폐시킨 것은 평생 그놈의 토끼나 기다리고 살라는 조롱을 담은 처사다.

"그 사악한 토끼 놈이 우리를 농락하고 필시 충신 별주부마저 죽인 것이 분명하다. 그놈을 잡아 배를 갈라 간을 꺼내 별주부 마을에 내려보내 회를 치게 할 것인즉, 곧 토끼 체포 공작대를 조직해 떠날 채비를 갖추도록 해라."

토끼를 체포해 오는 공작대의 우두머리로는 지난번 토끼를 잡아오는 데 공을 세운 거북 구주사가 임명된다.

"토끼 체포 공작대 구대장은 방게주사와 함께 육지로 나아가 반드시 그놈 사악한 토끼 놈을 산 채로 잡아오도록 해라."

열두째 마당

기어라 뛰어라 날아라

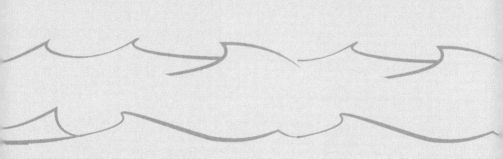

토끼 체포 공작대를 이끌고 바닷가에 닿은 구대장은 바로 육지로 오르지 않고 강물을 타고 상류로 올라간다.

　"별주부 그놈이 아무래도 수상하단 말이야. 어째서 자네들만 돌려보내고 그대로 남아 있을까?"

　구대장은 머릿속에는 토끼도 토끼려니와 별주부에 대한 의심이 더 크다. 별주부 생각에 골몰하니 의외로 일이 쉽게 풀리는 듯했다. 육지의 산길을 택하지 않고 강 쪽을 택한 건 정말 탁월한 선택이다. 바다에서 강으로 얼마쯤 가지도 않았는데 멀리서 자라 무리들이 어른거리는 게 보인다.

　"숨어 있다가 저놈들이 가까이 오기를 기다렸다가 덮쳐라!"

　구대장은 성급해지려는 마음을 스스로 달랬다. 자라 무리들은 멀리서 천천히 이동해 왔다. 눈살을 찌푸려보지만 그중에서 별주

부를 따로 식별해내기는 어렵다. 그런데 자라 무리들이 하는 짓이
이상하다. 천천히 이동해 오면서 지금까지 듣지도 보지도 못한 노
래를 부르고 있다.

이리 구르면 모래밭이요
저리 구르면 진흙밭인데
무에 그리 바랄 거 있나.
아야야 아야야

오늘 죽어도 한 생이요
내일 죽어도 한 생인데
무에 그리 서둘 거 있나.
아야야 아야야

지금 못 먹으면 있다 먹으면 되고
오늘 못 하면 내일 하면 되지
무에 그리 서러워할 거나
아야야 아야야

이편으로 걸어오는 품새로 느긋한 데다 그마저도 이상한 가락
으로 노래를 길게 늘어놓고 있으니 구대장은 속에서 열불이 난다.

"준비해라. 저놈들을 한 놈도 도망가지 못하게 잡아버리는 거다. 자, 진격이다!"

명령을 받은 거북들은 순식간에 자라 무리들 앞을 막아섰다. 자라 무리들은 행군을 멈추고 머뭇거렸다. 뒤로 밀려나보지만 이미 후방에도 거북 무리들이 포진해 있다.

"네 이놈들 자라 무리들아! 별주부는 어디 가서 네놈들만 이렇게 용궁으로 돌아갈 생각도 하지 않고 돌아다니는 게냐?"

소리를 질렀지만 구대장은 곧 그 말이 전혀 쓸모없을 것 같은 예감이 들었다. 놈들은 거북들의 갑작스런 습격에도 별로 당황해하지 않을뿐더러 더욱 놀라운 것은 가까이 보니 바다에서 보던 자라와는 생김새가 달라 보인다는 거다.

"지금 못 먹으면 있다 먹으면 된다니 이놈들이 그사이 풀하고 이슬만 먹고 도통이라도 해버렸느냐. 왜 이리 몸집이 짜부라들었느냐?"

구대장은 자라들의 몰골에 크게 놀라고 있다. 행색이 말이 아니고 몸집도 작고 쭈글쭈글한 것이 정말 자라가 아닌 것이다.

놈들은 갑작스런 공격에도 위험을 느끼는 투도 없이 멀뚱멀뚱 쳐다본다. 그중 우두머리인 듯한 놈이 묻는다.

"도대체 뭔 일이래유?"

말씨까지 이상하다.

"너희들 얼마 전 용궁에서 용왕님의 명령을 받고 여기 온 자라들이 아니더냐? 너희 대장이 별주부이지 않느냐?"

구대장이 다그치는데도 놈들의 표정에는 변함이 없다.

"그것 참, 이상한 일이구만유. 바다에 사는 사촌들이 많이 산다 하더니 댁들은 또 어떤 사촌인가 모르겠네유?"

자라 모양의 납작이들은 서로 고갯짓을 하며 의아스러워했다. 구대장은 화가 치밀어오른다.

"사촌들이라니! 너희들은 대체 누구냐?"

납작이 중 하나가 툴툴거리면서 나선다.

"거 좀 소리 좀 지르지 마셔유. 귀청이 떨어지겠네유. 여기는 우리가 사는 육지이고 댁들은 필시 바다에서 잠시 여기 들르러 온 모양인데, 남의 땅에 와서 그러는 거 아니유. 여기 주인은 우리이고 댁들은 손님인데 어째서 손님이 주인한테 누구냐고 따지는 거유?"

"군소리 더 하지 말고 말하거라. 우리 말고 우리처럼, 아니 너희들 비슷하게 생긴 자라라는 놈들 예 오지 않았더냐? 그놈들이 있는 데를 대라. 그러면 후한 상을 내리겠다. 만일 우리를 속이려고 허튼 수작을 부리려다가는 당장에 요절을 낼 테니 그리 알거라."

"후한 상이라…… 후한 상이라……."

납작이 대장이 중얼거리며 웃는다. 느물거리는 모습에 구대장은 또 열불이 난다. 얼핏, 토끼란 놈이 용왕 앞에서 자신에게 용맹이 지나쳐 위험을 자초하는 버릇이 있다고 한 말이 떠올려진다.

"우리는 댁들이 찾는 무리가 아닌 듯싶네유. 여기 물가에 사는 남생이라고 해유. 아주 오래전부터 듣기로 우리와 비슷한 종족들이 육지에 살다가 지진이 나서 바다로 쓸려갔다는 얘기가 있었는데 수일 전 바로 그 종족들이 무리지어 나타났던디유."

"그래, 그놈들이 바로 자라야. 너희들이랑 똑같이 생겼어."

"글쎄, 그렇다니까유. 댁들하고 닮기는 했는데 덩치는 좀 작아 보이고, 그래도 우리보다는 좀 커 보이구유."

"그래, 더 뜸들이지 말고 얘기를 해."

"그들 무리, 그러니까 자라라는 무리들이, 자기네들한테 집을 빌려주고 잠시 바다 쪽으로 내려가 있으면 머지않아 바다에서 후한 상을 가지고 우리를 찾아온다고 했어유. 이제 보니께 바로 댁들이 바다에서 후한 상을 들고 우리를 찾아온 거네유."

"이놈 별주부가 내가 오는 걸 알고 놀리려고 이들 남생이들을 내려보낸 거야!"

남생이의 말을 들은 구대장은 수치심과 분노가 극에 달했다. 그러나 당장은 어쩔 수 없다. 구대장은 바다에서 가져온 음식들을 풀어주면서 남생이들에게 별주부 일행이 있을 법한 곳을 캐물었다.

"한데, 혹시 자라 무리 말고 토끼들은 못 보셨소?"

"토끼?"

"눈이 빨갛고 두 귀가 커서 축 늘어지고 코가 툭 튀어나온 토끼 말이오."

"눈이 빨갛고 두 귀가 커서 축 늘어지고 코가 툭 튀어나온……
토끼? 토끼들도 있었남?"

남생이들이 서로 머리를 맞대고 쑤군쑤군한다. 봤다는 건지 못
봤다는 건지 알 수 없다. 보고도 생각을 못하는 건지 그냥 봤는지
안 봤는지 생각만 하고 있는 건지도 알 수 없다.

"특히 그 토끼 무리 중에는 분명히 입이 유난히 큰 토끼가 있었
을 것이오."

"입 큰 토끼라구유?"

남생이들은 또 한참 고개를 갸웃거린다.

"하여간 이곳 육지에도 우리 사촌 같은 무리를 만나니 반갑소.
오늘 우리를 그대들이 머무는 곳에 유하게 해주시면 고맙겠소. 선
물은 줄 수 있는 만큼만 드리리다."

"여기 뒹굴면 모래밭이요 저기 뒹굴면 진흙밭인데 우리가 머무
는 곳이라 해서 뭐 별 거 있간디유? 선물은 관두셔도 되구요. 그
냥 좀 편히 누울 수 있는 데를 안내해드릴 테니까 거기에서 자고
가세유."

남생이 무리가 머문 곳에서 하루를 유한 ¬구대장 일행은 이튿날
남생이들이 일러준 방향으로 진군해 갔다.

남생이들은 원래 호숫가에 머물고 있었다. 며칠 전 그곳에 바다
에서 왔다는 사촌들이 찾아왔다.

"우리는 바다에서 온 자라요. 우리 조상들이 수천 년 전에 여기

살았는데 지진이 나면서 한꺼번에 바다로 쓸려가버렸소. 이제 이 곳에 와서 살려고 하니 그대들이 집을 비워주어야겠소. 대신 우리 가 바다에서 가져온 음식을 가져갈 수 있는 만큼 다 가져가시오. 그리고 앞으로도 우리가 평생 먹고살 수 있게 해드릴 겁니다."

바닷속 용궁에서 높은 벼슬을 했다는 자라 대장이 하는 말이 참 그럴싸했다. 남생이들은 그 자리를 자라들에게 물려주었다.

"수천 년이나 고향을 잃고 바다에 사셨으니 얼마나 고향이 그리 웠을까 싶네유. 그 맘 조금은 알 것도 같으니 그냥 여기서 푹 지내 셔유. 우리 먹고살 일이야 어떻게 되겠지유, 뭐."

"고맙습니다. 여기서 바다 쪽으로 조금 내려가시다 보면 바다에 서 온 다른 사촌들이 댁들한테 선물도 따로 가져다드릴 겁니다."

별주부의 예측은 그렇게 맞아 들어갔다.

구대장 일행은 강을 따라 북진하다가 오솔길로 빠져 남생이 무 리가 살던 호숫가로 접어든다. 숲에서 호수로 드나드는 길목에 땅 이 패어 있고 그 안은 땅속에서 땅속으로 통하는 긴 움집이다. 바 로 남생이들이 자라 무리에게 비워주고 떠난 집이었다. 움집 곳곳 에는 자라들이 한바탕 차려먹고 남은 음식들이 나뒹굴었다.

"여기서 진을 치되 방심하지 말고 교대로 주변을 탐색한다."

구대장의 명을 받은 일행들은 무리별로 땅집을 하나씩 차지하 고 하루를 유숙했다. 그때까지 의식하지 못한 게 하나 있었다. 바 로 땅집들 곳곳에서 이상한 향기가 진동하고 있다는 사실이다. 일행은 자기도 모르게 그 향기에 취해 잠이 들었다.

구대장은 누군가 깨우는 기척에 눈을 떴다.

"누, 누구시오?"

구대장은 자신의 멱살을 잡고 일으켜 세우는 힘에 저항해본다. 익숙한 체취가 느껴진다 싶더니 자신을 내려다보는 이는 바로 별주부다.

"이놈 거북아, 네놈이 이제 새 용왕의 명을 받고 나를 잡으러 왔구나."

"이놈 별주부! 네놈이 가짜 토끼 간으로 우리를 농락한 것을…… 캑캑……."

구대장은 말을 더 못 하고 캑캑거리고 만다. 별주부가 멱살을 잡고 흔들어서다.

"잘 들어라. 우리 자라 무리는 원래 이곳이 고향이라 이제 돌아가지 않고 여기서 살 것이니라. 그리고 돌아가서 새 용왕에게 전하거라. 아버지 용왕을 닮아 헛된 욕망에 빠지지 말고 제발 정신차리고 진정 바다에 사는 물생들을 위해 살라고 해라. 그리고 남은 우리 자라들이 육지에 돌아오는 것을 방해하지 말라고 해라. 알았느냐? 응?"

"예, 예……."

구대장은 어쩔 수 없이 눈을 껌벅껌벅한다.

"그리고 너도 어리석은 용왕 같은 무리들 받드는 데 목숨 바치지 말거라. 너같이 힘 있고 용맹스러운 녀석이라면 모래를 파더라도 너희 종족을 위해서 할 일이 무궁무진일 것이다. 알았느냐?"

"예, 예……."

구대장은 잠에 취한 채 거듭거듭 굽신거렸다. 일어나고 싶은데 몸이 말을 듣지 않는다. 별주부를 따라잡아보려는데 어느새 별주부가 사라지고 없다. 다시 밖에서 누군가 오가는 기척이 들린다. 구대장은 혼신의 힘으로 잠을 밀어내고 일어선다.

"아니, 도대체 무슨 일이 있었던 거지?"

구대장은 자신에게 무슨 일이 일어났는지 한동안 알아내지 못한다. 아니 더 이상 그걸 알아낼 시간도 없다.

"어서 일어나라, 어서!"

구대장은 일행들을 깨워 밖을 경계해야 했다.

움집에서 호수 반대쪽이 둔덕이었다. 그 둔덕으로 오르는 길이 둘인데 그 한쪽에서 누군가 걸어 내려오고 있었다. 희끗희끗한 것이 아마도 토끼 무리 같았다.

"그 입 큰 토끼 놈일 것이다. 내려오는 대로 체포하는 거다."

구대장은 일행을 다그친다.

"아니, 토끼가 아닌데요."

거북 하나가 소리친다. 구대장도 그때서야 눈이 번쩍 뜨인다. 둔덕을 내려오는 무리는 토끼가 아니다. 바로 늑대와 여우다.

냄새 때문인 듯했다. 구대장 일행이 이곳에 오자마자 취한 냄새가 산중으로 퍼져 나간 것이다. 냄새를 맡은 산호랑이가 군침을 흘리게 되자 늑대와 여우 들이 먼저 길을 나선 것이다.

늑대 무리가 움집 가까이 다가온다. 여기저기 발자국이 찍혀 있는데 누구의 것인지 짐작할 수 없다.

"여기 아무도 없느냐!"

늑대 대장이 땅집 근처에서 공연히 소리를 질러본다. 그 소리는 메아리가 되어 산중에 울려퍼진다. 구대장 일행은 안에서 이러지도 저러지도 못하고 숨을 죽이고 버틴다. 그때다. 반대편 둔덕 쪽에서 외마디 소리가 터져 나온다.

"웬놈이야! 누가 거기서 떠들고 있느냐!"

늑대와 여우 들이 그 소리에 일시에 몸을 낮춘다. 이런 소리는 좀처럼 들은 적이 없어서다. 산호랑이 말고 감히 자신들의 호령에 맞설 무리는 없었던 거다.

"이 녀석들! 여기가 어디라고 와서 함부로 떠드느냐?"

늑대와 여우 들은 꼬리를 내리고 달아날 태세를 갖춘다. 그걸 보고 있는 구대장도 겁이 더럭 났다. 늑대와 여우가 저러고 있다면 이건 예사로운 놈이 아니다. 도대체 토끼 놈과 별주부 놈은 어디로 가고 이상한 육생들만 나와 힘겨루기를 하고 있는 걸까? 구대장의 몸에는 땀이 삐질삐질 나고 있다.

소리 지르는 쪽 언덕길에 몸집이 조막손만 한 육생 몇 마리가 왔다갔다하는 듯했다. 자세히 보니 바닷가에서도 가끔 보는 들쥐 같이 생긴 게 피부가 까무잡잡하고 몸이 더 작은 생쥐들이다. 생쥐가 주위 동태를 살피는가 싶더니 뒤이어 온몸에 털로 두른 두 발 짐승이 따라 올라왔다.

구대장은 길생국의 축제 광장에서 불리던 노래가 떠올랐다. 그 노래는 이러했다.

들쥐 한 마리 붙잡았다고 희희낙락
하루 종일 이리 굴리고 저리 굴리더니
얼생국 민숭이들 가랑이 밑에서
발 굴리고 야옹거리는 이 고양이들아!

바람 불면 동굴 속에 처박혀 있고
날 더우면 혀 빼내고 헉헉대기나 하더니
얼생국 민숭이들 가랑이 밑에서
꼬리 흔들고 재롱 피우는 이 강아지들아!

개와 고양이를 알아본 구대장은 뒤이어 나타난 육생이 민숭이라는 걸 알아보고 입을 쩍 벌렸다. 소문으로만 듣던 바로 그놈들!

"아, 저놈들은, 저놈들은……."

토끼보다 껑충하고, 날생들보다 포동포동하고, 늑대들보다 앉았다 일어섰다를 잘하고, 여우들보다 꾀가 많고, 산호랑이보다

사납지 않은데도 다른 육생들을 어느 누구보다도 더 잘 잡아먹는다는 그 민숭이들이다.

"여기예요, 여기!"

생쥐들이 민숭이들을 안내하며 둔덕에서 내려오고 있다. 민숭이들이 손에 든 긴 막대로 땅을 쿡쿡 찌르면서 내려오고 있다. 자기 몸보다 더 큰 막대인데도 가지고 노는 게 자유자재다.

"어허, 물렀거라! 물렀거라!"

민숭이들이 막대를 휘두르며 거북 처소로 내려오자 늑대와 여우들이 주춤주춤 뒤로 물러선다. 민숭이들을 데려온 개와 고양이들이 찍찍 하고 아무 데나 오줌을 갈기며 다가오고 있다. 늑대 몇이 개를 위협하기 위해 누런 이를 드러낸다.

구대장은 일행들을 일으켜 세운다.

"빨리들 일어나! 어서 달아나자!"

그제야 거북들이 일어나면서 도망갈 채비를 차린다. 그러나 이젠 도망도 갈 수 없게 됐다. 둔덕 쪽에서 또 다른 고함 소리가 터져 나오고 있어서다.

"아함! 어디서 이렇게 맛있는 냄새가 난단 말이냐!"

산이 저렁저렁 울렸다. 산호랑이 소리다. 늑대와 여우 들이 킁킁, 콧김을 내뿜으면서 맴을 돌기 시작한다. 이제 민숭이 따위는 문제없다는 신뢰다. 민숭이들을 에워싼 개들이 마구 짖기 시작한다. 사납게 짖는 모양이지만 실은 그건 겁을 먹었다는 신호다.

"아함! 하룻강아지들이 어디서 칭얼대고 있는 거냐!"

산호랑이가 모습을 드러내자 고양이는 아예 꽁지도 보이지 않고 개들이 민숭이 뒤로 몸을 숨긴다. 그나마 민숭이들이 막대를 쳐들고 산호랑이에게 대드는 시늉을 하고 있다.

"여기는 너희들 산생들 영역이 아닌데 왜 여기까지 왔느냐!"

민숭이 중 머리에 큰 투구를 쓴 대장이 말했다.

"여기는 너희 얼생들 땅도 아니지 않느냐? 어서 썩 물러가렷다!"

산호랑이의 소리는 워낙 커서 무슨 소리인지도 잘 알 수 없다. 그러나 두 패는 조금도 물러날 기색이 없다. 고래 싸움에 새우 등 터진다는 말 그대로 두 패가 여기서 싸우면 거북 무리들은 그 사이에 소리 소문 없이 짓밟혀 흔적도 없이 사라질 판이다. 입 큰 토끼와 별주부를 만나 체포하는 일은 뒷전이다. 이제는 목숨만 살려서 돌아가는 거 외에는 바라는 게 없다.

"아함! 네 이놈, 민숭이놈들아! 천적도 없이 그동안 온 세상이 너희 것인 양하고 뻐기면서 잘 살았구나. 이제는 너희 세상도 종말이 왔다는 걸 알려주마!"

산호랑이의 포효가 천지에 요동치는데 민숭이란 놈들도 과연 듣던 대로 전혀 겁을 먹지 않는다.

"무식한 놈이 그동안 그 잘난 발톱하고 이빨로 죄 없는 육생들 잘도 잡아 잡숴구나. 오늘로서 이 세상에 네 놈 발붙일 곳 하나도 없게 해주겠다. 덤벼라!"

민숭이 대장의 말이 끝나자 개와 고양이들이 일제히 소리를 질러댄다. 이 소리는 곧 늑대·여우 소리와 뒤섞이고 이어 산호랑이의 포효에 묻힌다. 산호랑이의 포효가 쉬는 틈에 다시 민숭이·개·고양이·늑대·여우 소리가 뒤섞인다.

"가자, 어서 가자. 여기 있다가 우리 다 집에도 못 가고 다 죽게 생겼다!"

구대장은 거북들을 재촉해 호수로 텀벙텀벙 뛰어든다. 호수를 건넌 구대장 일행은 다시 강물 줄기를 찾아 바다로 달아나버린다.

민숭이들과 산호랑이의 대립은 구대장 일행이 머물던 호숫가 집을 가운데 두고 일촉즉발의 긴장으로 이어진다. 그러나 이상하게도 서로 맞부딪치는 격돌은 일어나지 않고 있다. 그들의 함성과 포효도 어느덧 기운이 빠져간다.

집에서 나는 이상한 냄새 때문이다. 처음에는 기분 좋은 술냄새 같았다. 그러나 맡으면 맡을수록 기분이 좋아지는 냄새였다. 기분이 좋아지면서 몸은 노곤해졌다. 알고 보니 누군가가 도처에 그 냄새를 뿌리고 있었던 거다.

"술을 먼저 쏟은 뒤에 이 꽃가루를 그 위에 뿌리면 기분 좋은 향이 난다네. 여기 취하면 한동안 정신을 못 차리게 되지."

토선생이 용궁의 용비가 머무는 비원에서 취한 그 냄새다. 토선생은 비원을 가득 메운 꽃들이 뿜어낸 냄새에 취했다. 냄새에 취한 토선생은 자신이 겪은 일들을 용비에게 들려주기 시작했고 용비는 토선생의 말에 취해버렸다. 그 덕분에 용비는 옷을 벗고 다리에 난 부스럼을 토선생에게 맡긴 것이다. 용궁을 떠나올 때 용비는 토선생이 타고 오는 용수레를 꽃으로 가득 채워주었다.

토선생은 용궁에서 가져온 그 꽃으로 향을 만들었다. 토끼와 자라 몇을 데리고 실험을 했다. 영락없었다. 토선생은 얼생국으로 토끼 하나를 보내 생쥐를 유혹했다. 아울러 산에 술냄새를 진동하게 해서 늑대와 여우를 자극했다. 민숭이들은 생쥐를 앞세웠고 산호랑이는 늑대와 여우를 앞세웠다.

모두들 그 냄새에 취해간다. 민숭이 무리와 산호랑이 무리가 냄새에 취해 어느새 하나둘 쓰러져 잠에 빠져든다. 토끼와 자라 일행들이 나타나 잠든 얼생·산생 무리의 코에 똥을 발라준다. 한참 뒤 잠에서 깬 얼생·산생 들은 제가끔 코를 킁킁거리다가 자기가 똥을 싼 줄 알고 부끄러움에 몸을 사리더니 하나둘 자기 집으로 돌아간다.

토선생 일행은 그 언덕에 굴을 파고 살았다. 토선생이 용궁에 다녀온 이야기가 퍼져나가면서 토선생에게 지혜를 얻고자 찾아오는 이들이 생겨났지만 토선생은 굴 깊은 데서 나오지 않았다.

토선생 덕에 다시 육지에 와서 살 수 있게 된 자라 종족은 호숫가에 살면서 토선생의 토굴 마을을 지켜주었다. 토끼 종족들이 물을 마시고 풀을 뜯을 수 있게 주변을 깨끗이 청소해주는 일도 이들의 몫이다. 그리고 토선생에게 지혜를 구하러 오는 손님들을 호숫가 집에 머물게 했다. 손님들은 그곳에서 토선생이 만든 신기한 과자를 사 먹게 된다.

"이것이 용왕의 병을 낫게 한 신비한 약과입니다. 바로 우리 토선생께서 특별히 만드신 것이지요. 용궁에서는 지금도 약이 필요하면 기별이 옵니다. 그러면 토선생께서 이 약과를 만드시고 우리는 그걸 용궁에 가서 가져다 드린답니다. 이건 그때 따로 빼둔 약과입니다."

자라가 파는 약과는 날마다 조금씩 모양이 달라진다. 납작한 것이 붉으스름하고 도톰하다. 손님들은 그 약과에다 토끼 간이라는 이름을 붙였다. 토끼 간 과자는 불티나게 팔려 나갔다. 그러나 그럴수록 토선생은 모습을 드러내지 않았다.

토선생은 숨어 지내는 것으로 이미 모든 것을 이룬 건지도 몰랐다. 그러나 별주부의 생각은 좀 달랐다. 토선생을 그냥 토끼 종족의 스승으로 숨겨두는 것은 토선생을 위해서나 토선생을 찾는 무리를 위해서 바람직한 일이 아니라는 생각이 들었다.

별주부는 토선생을 찾아가 담판을 지었다.

"토선생, 평생 고되게 일만 하는 길생들을 잊으셨소? 그들을 구제하기 위해 천하를 주유하며 가르침을 주려던 일을 이제 그만할 참이오?"

"그런 소리 마시오. 내가 그런 짓 하려다 배가 갈리고 간까지 내놓을 걸 겨우 살아 돌아왔는데 이제 와서 누굴 가르쳐 누굴 구제하려 하겠소."

"나 같은 미련한 놈이 아니고서야 설마 누가 이제 와서 토선생을 용궁 같은 데를 데려가려 하겠소. 이제 토선생은 그렇게 위험한 데까지 갈 것 없이 여기서 천하를 논하고 가르쳐주시면 되지 않겠소."

"날 찾아오는 놈들 중에 반드시 어리석은 왕의 사자들이 있을 것이오. 그런 놈들은 뒤춤에 흉기 같은 걸 숨기고 있음에 틀림이 없소. 그러니 어떤 손님이고 우리 마을 안으로 발을 들여놓게 하지 마시오."

"그건 염려 마시오. 하지만 선량한 길생들을 위해 토선생이 꼭 해주어야 할 일이 있소."

"그것이 뭐요?"

별주부는 데리고 간 일행을 시켜 노래를 부르게 했다.

파도가 밀려오면 어쩌나 땅이 갈라지면 어쩌나
야야야 그런 걱정 따위 저 사슴왕한테 날려보내고
야야야 지금은 야 소리질러 야 소리질러 야야야

파도가 밀려오면 어쩌나 땅이 갈라지면 어쩌나
야야야 그런 걱정 따위 저 산호랑이한테 날려보내고

야야야 지금은 야 소리질러 야 소리질러 야야야

"아니, 그건 우리 길생국 축제 때 불리던 노래가 아니오?"

토선생이 되묻자 마자 별주부는 다시 손짓을 해서 다른 노래가

이어 나오게 한다.

새소리 바람소리에 두 귀는 쫑긋

알밤 도토리 까 먹고 큰 입이 뾰족

별 보고 달 보고 눈알이 뱅글

별빛에 달빛에 온몸이 빙글

사나운 짐승 피해 다리는 깡충

허리는 잘룩 꼬리는 짤막

"그건 당신네들이 날 잡아가려고 부르던 노래가 아니오?"

별주부는 토선생의 반응에 전혀 개의치 않고 다음에 준비한 걸

을 내놓았다.

그대는 누구신가요?

내가 알지 못하는 먼 곳에서 와서

내 맘에 물결 가득 일으켜놓고

날 잠 못 들게 하는 그대는.

하는 말마다 재미있고

짓는 표정마다 새롭고

하는 짓마다 엉뚱한 그대는.

　노랫소리만 있고 부른 이는 보이지 않는다. 노래를 들은 토선생은 몸이 굳어져 아무 말도 못 하고 있다. 눈시울이 붉어졌다. 입술이 가늘게 떨리는데 누군가를 부를 듯하다. 그러다 말고 고개를 꺾으며 끝내 울음을 터뜨린다. 그때 누군가가 와서 토선생의 머리를 쓰다듬고 있다. 토선생은 그 향기에 아뜩해진다.

그대는 누구신가요?

내가 알지 못하는 먼 곳에서 와서

신비로운 기운을 가득 담아

날 잠 못 들게 하는 그대는.

오셨는데 안을 수 없고

가시는데 다시 오라고

붙잡을 수 없는 그대는.

토선생은 마침내 고개를 든다. 눈앞에 용비가 와 있다.

"아니……."

토선생은 손을 뻗어 용비의 얼굴을 쓰다듬는다.

"토승님."

하고 부르는 용비는 용비가 아니다.

"토승님, 저 토정이에요."

토선생은 그제서야 헛기침을 하며 물러선다. 토정은 토선생의 손을 놓지 않는다.

"저는 토승님께서 용궁에서 하신 일을 다 듣고 알고 있습니다. 토승님께서 기지를 발휘해서 죽음을 면하신 일, 용왕 처의 병을 낫게 하시고 그로부터 신비한 꽃을 얻어 오신 일, 자라 종족을 모두 데리고 와서 이 길생국에서 살게 하신 일…… 모두 훌륭하고 아름다운 일입니다. 이제 토승님께서는 거기에서 있었던 일만 들려주셔도 모든 길생들이 큰 가르침을 받을 것입니다."

"내가 겪은 일을 너도 알고 또한 자라들도 아는데 내가 굳이 또 얘기할 것이 뭐가 있겠느냐?"

"전해 들어서 아는 것보다 겪은 이한테 직접 들어서 알면 얻는 게 훨씬 많지요. 듣기보다 보고 보기보다 겪으라 하신 분은 바로 토승님입니다. 게다가 모두들 만나고 싶어 하는 토승님이 말하시는 거면 더 바랄 게 없지요."

"내가 어떻게 해야 한단 말이냐?"

토선생은 짐짓 눈만 껌뻑인다. 때를 놓치지 않고 별주부가 나섰다.

"토선생이 길생국 축제 때 나섰다가 산호랑이한테 잡아먹힐 뻔

하지 않았소. 이제 우리가 이 길생국의 만백성을 위해 축제를 여는 겁니다. 거기서 토선생이 용궁에서 겪은 이야기를 들려주는 겁니다. 노래도 부르고 춤도 추고 하면서 말이지요. 우리가 여는 축제에는 산호랑이나 늑대나 여우 따위 없습니다. 그저 모두 즐겁게 이야기하고 노래하고 춤추는 축제입니다."

"우리가 온 길생들을 위한 축제를 연다! 거기서 내가 용궁에서 겪은 이야기를 들려준다!"

드디어 토선생의 귀가 쫑긋한다. 총기가 살아난다는 뜻이었다.

토선생과 별주부, 그리고 토정이 머리를 맞댄다. 호숫가에서 봄가을로 축제를 연다. 누구도 가면을 쓰지 않는다. 장터를 열어 물건을 마음껏 사고 팔게 한다. 춤과 노래, 연희를 벌여 모두들 흥겹게 놀게 한다. 한쪽에서는 토끼 간 모양의 약과를 판다. 그러는 동안 축제장 바깥에 자라 똥을 뿌려 산호랑이와 늑대 · 여우 들이 가까이 올 수 없게 한다.

지혜는 경험의 산물이다. 토선생도 별주부도 먹고 노는 일로써 세상을 끊임없이 풍요롭게 하는 방법을 알았다. 먹고 싸는 일이 한몸에서 일어나듯 소비와 생산이 한몸이며, 칭찬과 비판이 한 세상의 일이라는 것을 알았다. 축제는 순조롭게 시작되었고 한 해두 해 갈수록 이 길생국의 명물이 되어갔다.

축제의 마지막 밤에는 용궁처럼 꾸며진 호수 위에서 한바탕 연희가 펼쳐진다. 용왕 앞에 배가 갈리게 된 토끼가 기지를 발휘해

위기를 벗어나는 이야기다. 용궁의 물고기들이 노는 모습이 현란하다. 토선생이 별주부와 논쟁하고 구주사를 골탕 먹이는 장면도 있다. 토선생 배 안에 간이 있나 없나 알아보러 항문으로 들어간 멸치가 방귀 때문에 튀어나와 공중에 날아오를 때는 여기저기에서 폭죽이 터진다. 용왕의 처 용비와 애틋한 사랑도 나눈다. 그 향기가 호수 위에 안개로 피어오른다. 자라 종족이 대이주를 하는 과정도 펼쳐진다.

길생들이 토선생을 볼 수 있는 때는 일 년에 딱 두 차례 축제의 마지막 날 공연 때뿐이다. 이 공연을 보려면 아침부터 줄을 서지 않으면 안 된다. 아무도 가면을 쓰지 못하게 했으나 가끔은 길생 아닌 물생도 섞여들고 늑대나 여우도 가면을 쓰고 축제장 안으로 들어온다. 그러나 그 안에서 다른 길생을 잡아먹을 일은 없다. 그랬다가는 축제장에 모인 길생들한테 뜯겨 죽기 십상이기 때문이다.

모든 게 잘 되는 것만은 아니다. 토선생은 공연하는 동안 감정에 도취되어 잠시 정신을 잃어 다음 동작을 까먹을 때가 자주 생겨났다. 몇 차례 그런 일이 생긴 뒤 토선생은 공연에 나서지 않고 있다. 평소 토선생 흉내를 잘 내는 제자 하나가 대신 공연에 나섰다. 관객들은 그 제자를 토선생으로 안다. 그런데 이 친구도 정신을 잃을 때가 있어 또 다른 대역을 찾아야 할 상황이다. 토선생과 제자를 모두 힘들게 한 장면은 바로 다음 노래를 부를 때다.

여기는 어디인가요?

깊은 바닷속 용궁 안에서도

더욱 신비로운 빛깔이 나고

더욱 감미로운 목소리가 들리는.

들어오니 나가기 싫고

나가면 다시 오고파지는

거미줄처럼 날 옭아매는 여기는.

당신은 누구신가요?

내가 알지도 못한 곳

이 깊고 깊은 물속 세상에서

나를 기다리고 있었던 같은.

다시 못 올 줄 알면서도

다시 꿈꿀 수 없는 걸 알면서도

거미줄에 걸린 나비로 만드는 당신은.

마당 위의 토끼전
『토끼전 2020』에 부쳐

강 상 대

1.

너른 마당이 있고, 그 마당을 둘러싼 구경꾼들이 한 사람의 소리꾼을 지켜보고 있다. 소리꾼의 소리는 이야기에서 노래로, 노래에서 이야기로 오래 이어진다. 그의 소리는 더러는 몸짓으로, 더러는 흉내로 표현을 덧붙이며 구경꾼들과 더불어 호흡한다. 소리꾼 옆에 앉은 한 사람의 고수(鼓手)는 북 장단과 말 장단으로 소리꾼의 소리를 추켜준다. 이를 지켜보는 구경꾼들은 더러는 입말로, 더러는 몸말로 추임새를 섞으며 소리꾼의 소리와 고수의 장단이 펼치는 한바탕의 이야기 가락에 빠져든다.

이와 같은 풍경으로 익숙하게 떠오르는 것이 우리의 전통적인 연행 예술인 '판소리'이다. 조선 시대의 17세기 무렵에 호남 지방의 굿판에서 무당이 읊조리던 노래와 이야기에 유래를 두고 있는 것으로 짐작되는 판소리는 원래 주로 서민층이 향유하던 여흥거리였다. 1843년 송만재가 쓴 「관우희(觀優戲)」라는 글에는 당대에 연희되는 판소리들이 수록되어 있는데, 〈수궁가〉〈춘향가〉〈심청가〉〈흥보가〉〈적벽가〉〈변강쇠타령〉〈옹고집타령〉〈강릉매화타령〉〈배비장타령〉〈무숙이타령〉〈장끼타령〉〈가짜신선타령〉 등 열두 마당의 판소리가 그것이다. 1800년대 후반에 중인 계급으로서 판소리에 심취해 있던 신재효가 자기 나름의 취향으로 판소리 사설(辭說)을 가다듬고 정리하여 판소리 여섯 마당을 이루었고, 이 무렵에는 서민층뿐만 아니라 지배층인 양반 계급에서도 판소리가 널리 받아들여졌다.

오늘의 우리가 실제로 듣고 볼 수 있는 판소리는 충(忠)·효(孝)·정절(貞節)·우애(友愛)와 같은 유교적 덕목을 담고 있는 〈수궁가〉〈심청가〉〈춘향가〉〈흥부가〉〈적벽가〉 등 다섯 마당이 전부이다. 흔히 판소리는 서민층의 삶을 생생하게 표현하고, 민중의 목소리로 현실을 풍자하는 대중예술로서의 의의가 크게 주목되어 왔다. 그런 만큼 판소리는 우리의 대표적인 민족문화의 몫을 톡톡하게 해왔으며, 1964년 중요무형문화재로 지정된 후에 2003년 유네스코 인류무형문화유산으로 지정되기에 이르렀다.

『토끼전』은 판소리인 〈수궁가〉를 모태로 해서 이루어진 판소리계 소설 작품의 하나이다. 판소리계 소설은 판소리 사설을 서사 형식으로 기록하여 정착시킨 것이다. 위에 송만재가 적은 판소리 열두 마당 중에서 오늘까지 창(唱)으로 남아 있는 다섯 마당, 그리고 창으로 남아 있지 않은 나머지 작품들에서 창으로도 소설로도 현전하지 않는 〈가짜신선타령〉을 제외한 여섯 마당을 더해서 모두 열한 개의 작품이 판소리계 소설이라는 명칭으로 회자되고 있다. 이를테면『토끼전』은 판소리 〈수궁가〉의 소설 버전인 셈이다.

따라서 우리가 '토끼전'이라 부를 때는 판소리 〈수궁가〉의 사설을 그대로 옮긴 창본(唱本), 판소리의 사설 내용을 근간으로 서사적 의도와 형식을 갖춰 기록한 판소리계 소설『토끼전』을 가리키는 소설본(小說本)을 통칭하게 된다. 이러한『토끼전』은 기록물의 형태에 따라 필사본·판각본·활자본으로 엮이며 현재까지 확인된 것만으로도 120여 종의 이본(異本)을 보여주고 있다(그 제목도 '토끼전'에 한정되지 않고 별주부전·토생원전·토별가 등등 다양하지만 이 글에서는 토끼전으로 밝혀 부르기로 한다).

이처럼 이본이 많기 때문에 서술 구성과 내용에 편차가 있기는 하지만『토끼전』이야기는 대개 바닷속 용왕이 위중한 병을 얻게 되는 것에서 사선이 시작된다. 이에 토끼의 간이 유일한 치료약으로 지목되고, 자라가 육지에 나가 토끼를 꾀어 데려온다. 용궁에 와서 자라에게 속은 사실을 알게 된 토끼는 자신의 간을 육지에 두고 왔다고 용왕을 속여 다시 육지로 돌아간다. 이런 이야기를 듣고 읽으며 민중들은 토끼의 재치와 재간에 감탄하고, 자라의 충직에 안쓰러운 마음을 갖는다. 또한 용왕의 헛된 욕망에 쓴웃음을 짓고, 용궁 신하들의 용렬하고 비겁한 행동에 혀를 차기도 한다.

『토끼전』 이야기는 다른 판소리 사설이나 판소리계 소설과 비교할 때 다음과 같은 특징을 살필 수가 있다. 첫째, 주인공이 사람이 아니라 토끼, 자라와 같은 동물이라는 점이다. 둘째, 공간적 배경이 바다와 육지를 아우르고 있다는 점이다. 셋째, 충효 사상이나 권선징악과 같은 조선 시대의 지배적 가치관에 얽매이지 않고 민중적 시선의 현실 인식과 사회 비판을 드러내고 있다는 점이다. 이와 같이 『토끼전』에 내재되어 있는 전복적 상상력은 힘은 그 이야기를 오롯한 풍자와 해학, 재미와 교훈으로 이끌어 대중에게 사랑받아 마땅케 하였다. 그래서 당연하게도 『토끼전』은 소리꾼의 노랫가락처럼 유장한 세월을 우리의 민족문화로 면면히 이어올 수 있었고, 오늘날에도 여전히 출판물이나 공연·영상물, 문화상품 등 각종 매체를 통해 우리에게 살아 있는 이야기가 되고 있다.

그런 가운데 2001년 한국 애니메이션 최초로 디즈니(Disney)에서 배급을 맡아 해외 개봉된 김덕호 감독의 〈별주부 해로〉, 2011년 독일 출신의 세계적인 오페라 연출가인 아힘 프라이어(Achim Frieyer)가 연출한 오페라 〈수궁가〉 같은 작품은 『토끼전』 이야기가 세계인들과 만나는 계기가 되었다는 점에서 주목할 필요가 있다. 오늘날과 같은 글로벌 시대에 한국문화가 갖고 있는 과제 중의 하나는 우리의 전통적인 문화를 민족성의 범주에만 가두지 두지 않고 세계성의 범주로 확장하는 일이다. 예를 들면『반지의 제왕』이나『해리포터』시리즈, 미야자키 하야오(宮崎駿)의 애니메이션들이 거둔 문화적·상업적 성취가 한국문화가 나아가야 할 방향을 시사하는 것이라 하겠다.

이런 측면에서『토끼전』을 비롯한 한국 고전소설은 우리의 '이야기'를 세계인의 문화 콘텐츠로 향유케 하는 기대를 너끈하게 충족시켜주리라 기대된다. 고전소설은 우리 민족의 고유한 문화 원형을 고스란히 담고 있을 뿐만 아니라 오늘날에도 충분히 공감할 수 있는 보편적 정서와 주제를 담고 있다. 또한 오랜 시간을 거쳐 끊임없이 변용·변형되며 내용상·구성상으로 탄탄한 골격을 갖추어왔다. 이는 지역과 국가와 민족의 경계를 넘나들 수 있는 공감대의 폭을 확보할 수 있는 가능성을 보여주는 것이다.

지금까지도 그래왔지만 앞으로도 더욱 우리의 고전소설이 현대의 문화 콘텐츠로 거듭 새롭게 태어나야 한다. 다른 이야기들도 많고 많지만, 그 일에는 아무래도『토끼전』이 제격일 것이므로 여기에 우리를 문화 선진국으로 올라서게 할 대표 선수로 발탁되기에 이른 것이다.

2.

이 책의 '여는 마당'에서 지은이는『토끼전 2020』을 쓰게 된 계기와 과정, 그리고 그 제목을 붙인 이유를 밝혀놓았다. 이는 작품의 '액자' 부분으로 인상 깊은 서두를 이루고 있다. 이를 읽지 않고 여기에 이르렀다면 앞으로 돌아가 반드시 읽어볼 것을 권한다 (이 책을 읽는 또다른 재미를 맛볼 수 있으리라).

이 작품은 판소리계 소설인 『토끼전』 이야기를 보다 내용이 풍성하고 사실적이되 환상성이 풍부하게 변용하여 현대소설로 재창작한 것이다. 그리고 이 작품을 외국어로 번역하여 출판하기도 하고, 뮤지컬·애니메이션 등으로 제작해서 우리나라뿐 아니라 세계인이 함께 즐길 수 있는 문화 콘텐츠로 창출한다는 기획에 따라 씌어졌다. 그래서 소설 작품을 창작하는 일은 지은이가 도맡았고, 그 과정의 기획 단계에서는 시인·평론가·스토리텔러·번역가·공연 전문가 등이 참여하여 앞으로의 다양한 매체 변용 양상을 고려한 스토리 구현을 위해 의견을 나누었다. 아직 우리에게는 소설 작품의 창작을 작가 한 사람만의 몫으로 놓아두는 생리가 공고한데, 이 작품의 경우는 창작에 앞서 작가가 다양한 분야의 전문가들이 던져주는 조언을 귀담아 들었다는 점에 우선 새로운 면을 갖는다.

『토끼전 2020』은 이야기의 얼개를 『토끼전』에서 가져왔기 때문에 당연하게도 우리에게 매우 낯익은 등장인물과 사건 및 배경을 만날 수밖에 없다. 그러나 고전소설을 현대화하는 작업은 그 낯익음을 낯설게 하여 새로운 정서의 울림을 만들어내는 데 의의가 있다. 다시 말하면 그 낯익음이 어떤 새로운 장면들을 연출하고 있는가, 그 장면들이 어떤 새로운 재미와 의미를 안겨주는가를 살피는 것이 『토끼전 2020』의 관전 포인트라 할 것이다. 이런 맥락으로 눈여겨보았을 때 이 작품이 『토끼전 2020』일 수밖에 없는 몇 가지의 낯선 풍경을 만날 수가 있다.

무엇보다 먼저 등장인물의 성격과 인물간의 관계에서 변용이 두드러진 것으로 보인다. 잘 알다시피 『토끼전』의 주동 인물인 토끼, 자라, 용왕은 대개 계급적·계층적 성격이 뚜렷한 삼각축으로 설정되기 마련이다. 즉 토끼는 지혜롭고 익살스러운 민중으로, 자라는 충성심이 굳은 관료로, 용왕은 탐욕스런 지배 권력으로 전형화되는 것이다. 그러나 『토끼전 2020』에는 그와 같은 인물 성격들이 다분히 해체되어 있다.

가령 '토선생'은 "자기 힘으로 양식을 재배하거나 구한 적이 없는 위인"으로 어린 토끼들에게 글을 읽어주고 생각하는 법을 알려주고 '광장'의 군중 앞에서 당당하게 권력의 부조리와 사회 현실을 비판하는 인물이다. 이런 토선생의 성격은 일견 지식인의 면모를 지닌 듯하다. 그러나 그는 달나라에 살다 왔다는 거짓말로 제자들을 불러 모으고 "육지에서 이곳저곳 길생국을 돌며 그 나라 왕에게 치세의 도를 들려주고 있는 선생" 행세를 하며 융숭하게 대접도 받는 위선과 가식에 찬 인물이다. 그의 행동에는 거드름과 경박함과 몰인정이 보이기도 한다. 그런 그가 용궁에서 맞닥뜨린 절체절명의 위기에서 벗어나 용왕의 여자와 러브라인을 형성하고, 마침내 용궁을 떠나 육지에서 새로운 정착지를 얻는 과정은 지금까지의 『토끼전』이야기와는 티나게 낯선 부분이다.

자라의 성격 변화도 눈에 띈다. '별주부'는 용왕에 대한 충직성을 보여주는 인물이기는 하지만 그 충심은 '가문의 영광'을 되찾아 자라 종족의 명예를 높이고 지금보다 대접받을 수 있는 지위를 얻고자 하는 동기에서 비롯된 것이다. 그렇기 때문에 용궁으로 토끼를 꾀어 온 공로를 보상받기 어려워진 상황이 되자 그는 토끼의 공모자가 되어 용궁을 떠나게 된다. 용왕은 권력의 정점에서 억압하고 탐욕하는 존재이기보다는 오히려 희화화되어 있다. "용왕은 통치술이니 뭐니 하는 데는 관심이 없는 존재다. 심각한 대화를 견디지 못하는 왕이 저렇게 오래도록 왕좌에 앉아 있으니 궁전에는 심각한 나라 일을 논하는 이 하나도 없는 거다"라는 행간에서 엿보이듯이 용왕은 안일과 무능함으로 토끼나 신하들에게 조롱받는 인물이다. 용왕이 '꽃밭에 코를 처박고' 죽자마자 그가 통치한 시대는 그의 아들에 의해 적폐 청산의 대상이 된다. 아마도 독자는 이런 부분들이 『토끼전 2020』의 낯선 지점이기는 하되 어쩐지 우리 현실의 낯익은 지점을 가리키는 것이 아닌가 하는 느낌을 받을지도 모르겠다.

『토끼전 2020』의 내용 구성을 살펴보면 『토끼전』의 완고한 고전적 서사 양식에서 슬쩍 비켜나고자 한 지은이의 장르적 고민을 확인할 수 있다. 이 작품의 '첫째 마당' 이야기가 축제의 마당을 펼치고 있다는 점이 그 하나이다. 여기에서는 나라의 온갖 짐승들이 모여 가면을 쓴 채 먹고 마시고 춤추고 노래하고 시국에 대해 토론하는 카니발의 현장, 아고라의 광장이 연출되고 있다. 이는 도입부에서 독자(관객)의 시선을 확실하게 끌어당기기 위해 지은이가 의욕적으로 새롭게 창작한 장면일 터인데, 막이 오르면서 각양의 동물 군상(群像)이 와자지껄하게 등장하게 될 무대 위의 장면을 연상하면 회심의 한 획이라는 생각이 든다.

그리고 다른 하나는 축제의 마당에서 토끼와 자라가 대면하게 되기 때문에 시간 전개에서 변용이 생겼다는 점이다. 즉 '첫째 마당'에서 '넷째 마당'까지는 토끼와 자라가 서로 만나 용궁으로 가기에 이르는 현재 시간의 이야기로 진행되며, '다섯째 마당'과 '여섯째 마당'은 과거 시간으로 바뀌어 용왕이 병을 얻고 토끼의 간이 명약으로 처방되고, 토끼 화상을 받은 자라가 용궁을 떠나는 이야기가 서술된다. 그리고 '일곱째 마당'에서 종결부인 '열두째 마당'까지는 다시 현재 시간으로 돌아와 사건 내용이 전개되고 있다. 이는 고전적 서사 양식의 순차적 시간을 비틀어 서술한 경우이다.

이러한 사건 전개에 극적 긴박감을 높이는 추격 또는 대립 장면이 적절하게 배치되어 있다는 점도 지적해두고자 한다. 서두 부분의 축제 마당에서 토끼는 지배자인 '산호랑이' 체제의 현실을 신랄하게 비판하다가 체포 명령에 달아나게 되고, 산호랑이와 늑대들이 토끼의 뒤를 쫓는다. 토끼가 꾀를 부려 용궁을 떠난 후에 죽은 용왕의 후계자가 된 아들은 거북을 우두머리로 삼아 토끼 체포 공작대를 육지로 보낸다. 육지에서 토끼를 쫓던 거북 무리는 민숭이(사람)들을 만나 두려움에 빠지고, 산호랑이 패들을 만나 도망치기도 한다. 민숭이들과 산호랑이가 맞부딪쳐 서로 으르렁거리며 일촉즉발의 순간이 연출된다. 이러한 긴장된 상황은 기존의 『토끼전』 이야기에서 쉽게 보기 힘든 장면이다.

이 작품에 삽입되어 있는 열네 편의 노래가사는 음악성이 풍부한 공연물 기획을 염두에 둔 지은이의 뜻을 분명하게 나타내고 있다. 사실 『토끼전』이 매체 변용을 거쳐 문화 콘텐츠로 거듭나는 과정에서는 '판소리'에 기원을 둔 그 음악적 요소가 크게 주목되었다. 특히 2000년대 이후 『토끼전』을 담은 오페라, 뮤지컬, 아동극, 창극, 마당극 등이 꾸준하게 공연되면서 음악과 무용이 어우러진 연출은 대세가 된 듯하다. 그러므로 『토끼전 2020』의 음악적 지향은 굳이 말하자면 새로운 시도는 아니다. 그러나 실제 공연물로 제작되는 과정이 아니라 활자 매체 단계의 소설 작품 속에 노래가사를 삽입해두는 일은 그리 흔하지 않다.

이들 노래가사는 『토끼전 2020』이 풍자와 재치가 넘치기는 하지만 전반적으로 사실주의적 서술로 이어지는 가운데 마치 숲 속의 샘같이 곳곳에 시적 감성과 상상력이 고여 있는 지점이다. 한 편 한 편의 순간이 스토리의 분위기와 인물의 정감에 닿아 있기

때문에 매우 공들여 쓴 것임을 알 수 있다. 특히 '열째 마당'에서
'토선생'이 용왕의 아내인 '용비'의 몸에 난 부스럼을 치료해주는
가운데 서로 주고받는 노래는 바라건대 후일 오래 기억될 아리아
의 곡조로 듣게 될 것이다. 그 대목 중의 일부를 후일의 곡조에 그
려 담으며 읽어보자.

    그대는 누구신가요?

    내가 알지 못하는 먼 곳에서 와서

    신비로운 기운을 가득 담아

    날 잠 못 들게 하는 그대는,

    오셨는데 안을 수 없고

    가시는데 다시 오라고

    붙잡을 수 없는 그대는.

3.

『토끼전 2020』에는 공간적 배경을 지칭하는 낯선 어휘들이 등
장한다. 육지 동물이 사는 세계인 '육생계'의 산과 들에서 사는 동
물들의 나라인 '길생국', 인간이 중심이 되어 지배하는 나라인 '얼
생국', 새처럼 날아다니는 날짐승들의 나라인 '날생국', 그리고 바
닷물에 사는 생물들의 세계인 '물생계'에서 육지와 가까운 지역인
'가생국', 육지와 먼 지역인 '심생국' 등의 어휘가 그것이다. 지은

이의 깊은 궁리가 느껴지는 이 공간적 배경은 모년모월모시(某年某月某時) 투의 흐릿하고 넓은 공간 인식을 선명하게 분할해주며, 그 각 공간에 살고 있는 인물들의 특징과 성격을 또한 선명하게 해준다. 이러한 선명성은 이 작품의 등장인물들이 육지와 바다를 넘나들고, 그들이 서로 만나고 헤어지고 다시 만나고 또 서로 쫓고 쫓기는 혼돈스런 상황을 여과하는 이미지가 될 것이다.

그 공간적 배경의 선명한 이미지를 통해 이 작품이 그려 보이고자 하는 우리 현실의 축소판인 소우주를 만나게 된다. 편을 갈라 싸우고 뺏고 서로 먹고 먹히고 속이고 욕하는 이 세계의 법칙이 그 낯선 어휘들에 투사되어 있다. 그렇기 때문에 이 세계의 온갖 짐승들이 마치 사람인 듯 세상사를 연출하는 무대인 이 작품의 공간은 우리의 현실에서는 불가능한 세계인 듯하지만 꼭 그런 것만도 아니다. 이 슬픈 우화(寓話)는 비현실이지만 엄연한 우리의 현실인 것이다.

그래서 이 작품의 결말 부분에서 '토선생'과 '별주부', 그리고 토끼 무리와 자라 무리가 공존·공생의 삶을 보여주는 장면은 슬픈 우화의 시대를 견디고 있는 우리의 꿈을 담은 듯하여 인상적이다. 토선생이 용궁에서 가져온 꽃으로 향을 만들었고, 꽃 향기에 취한 민숭이 무리와 산호랑이 무리는 잠이 든다. 잠든 이들의 코에 똥을 발라두었더니, 잠에서 깬 그들은 스스로 똥을 싼 줄 알고 부끄러워 몸을 사리다가 자기 집으로 돌아간다. 그들이 돌아간 후에 토선생, 별주부 무리는 '언제나 깨끗하고 맑은 샘물'과 함께 살아간다. 토끼와 자라가 맑은 샘물을 지키며 마시고 살아가는 세상은 지극히 생태적일 것이므로, 그 세계에서는 똥이라도 민숭이의 오만과 산호랑이의 폭압을 부끄럽게 할 만한 것이 되어 마땅하다.

이쯤에서 우리는 『토끼전 2020』이 기존 작품들의 질서나 가치를 우스꽝스러운 유머와 무질서로 전복·해방시키는 카니발레스크(carnivalesque)의 몫을 해주고 있다는 생각을 갖게 된다. 『토끼전』의 기원에는 판소리가 있고, 판소리는 그 사회와 그 시대의 소리였다. 그 소리와 더불어 호흡하며 대중들은 그 사회와 그 시대를 견디어 왔다. 오늘 우리에게 낯설고 새롭게 다가온 『토끼전 2020』에도 그런 몫을 남기고 싶다.

이를테면 『토끼전 2020』은 마당 위에 서 있는 토끼전이다. 그 마당에서 토끼와 자라를 비롯한 자연의 온갖 생명들이 기고, 뛰고, 날아오를 것이고, 그 마당에서 우리는 웃고, 화내고, 울고, 박수칠 것이다. 이 작품의 '2020년'이 기다려진다.

(문학평론가·단국대 문예창작과 교수)

이 소설은 내가 쓴 것이지만 온전히 내 작품이라 말할 수 없다. 작가가 자기 이름으로 소설을 내면서 이렇게 말하게 된 데는 그만한 사연이 있다.

우선 『토끼전』이라는 누구나 다 아는 옛 소설을 가지고 새로 썼다는 점에서 그렇다. 다음, 어떤 분이 『토끼전』을 새로 창작하면 좋겠다고 발의했고 그 창작자로 내가 나서게 되었으며 여러 주변 문인들이 창작 방향을 다양하게 제안해주고 가능성을 짚어주었다는 점에서 그렇다. 그다음, 그분들이 발의하고 제안한 내용 중 특히 앞으로 이 소설을 애니메이션이나 공연 등으로 활용할 수 있게 하자는 것에 대해 내가 전폭적으로 동의하고 그런 방향에서 창작했다는 점에서 그렇다.

사정이 이래서, 그동안 여러 장르의 작품을 쓰고 여러 형식의 책을 냈지만 특히 이번의 창작은 내게 아주 특별했다. 고전소설의 현대소설로의 변주, 우화 형식을 살리되 거기에 리얼리즘 요소를 없는 과정, 소설이지만 애니메이션이나 공연물의 '원천 소스(one source)'도 되는 상황의 설정 등은 그냥 창작소설을 쓸 때와는 다른 많은 생각을 품게 했다.

원전에서 토끼·자라·용왕 등의 인물, 육지와 바다 등의 공간 배경, 막연한 옛날이라는 시대 배경 등으로 단순하게 배치된 서사 조건을 인물 관계나 시공간적 상황 등 모든 면에서 다층화·다양화된 환경으로 확대·확장하는 한편으로 스토리에 필연성을 가미하는 작업이 의외로 길어져서 이 작품에 힘을 주고 뜻을 보탠 분들을 하마터면 실망하게 할 뻔했다. 일 년여에 걸쳐 간신히 한 편 소설 형식을 다 갖추어놓고도 내내 불안했다. 다행히 마무리 단계에서 '액자소설'로 다듬고, 후일담을 보완하고 나서야 나름대로 '고전을 원용하되 전에 없이 새로운 형식으로 재미를 주는 소설'로 탄생된 듯해 모처럼 뿌듯한 감정을 맛보게 됐다.

세상살이의 어려움 때문에 역사와 문화를 부정하는 사람이 꽤 있는 듯하다. 그로부터 이웃을 미워하고 결국 자기 자신을 사랑하지 못하게 된 사람 또한 적지 않아 보인다. 이 소설이 그런 사람들한테까지 읽혀서 그들 마음에 찬 분노와 절망과 허욕을 씻어주었으면 한다. 이 책 읽고 우리 옛것이라 쉽게 알아온 것에서 이렇게 재미있는 새로운 것을 가질 수도 있는 거구나 하고 느끼는 사람도 많이 생겨났으면 싶다.

도와주신 분들에게 감사드린다.

2017년 12월
박덕규